生於寂靜

陳冠良。

目次

輯二 疾身

輯三　浮世斑斕

輯四　壞掉的可愛

輯五　舊愛那麼美

【推薦序】

大音

李時雍（作家）

隔著窗外的木場公園，猶在春日迷離的水氣中。到站下了公車走進微微細細的雨。前去坂本龍一大型個展《觀音・聽時》倒數一天，中午不到，東京都現代美術館前已等待有綿長的隊伍。

展覽以十二件聲音裝置作品構成。進入場中，首個空間即是與藝術家高谷史郎延續從劇場到美術館所打造的《Time Time》，橫長的影幕中浮現出迂緩步行於途的身影。若音樂是為「時間的藝術」，回溯起來，坂本龍一自專輯《async》以來，愈加意識地藉由帶進環境聲響、與音聲疊加的非同步形式，代換了一般的線性敘事，更著重如約翰・凱吉揭示的機遇或靜默，乃至在創作晚期專注於「時間」為題的劇場作品，援引夏目漱石的第一夢、能劇《邯鄲》與《莊周夢蝶》，以沉思聲音與時間內蘊繁複的對位。

冠良的散文集《生於寂靜》，以「聆靜」一輯揭開了書寫的序幕。表面上聚焦聲音，實則寫的，亦即依存於時間上的感官之記憶，尤其旅次在他反覆夢回的柏林、京都，戀人家鄉的馬來西亞半島等。對冠良而言，每一座城市，合該有屬於它的聲音，地磚上行李箱輪空隆隆的迴響，城市混雜若圍牆的陌生語音，地鐵上樂手男子偶然彈撥起的吉他弦音；然而他卻又說，回憶中的城市是一種默片般的寂靜，「我想不起柏林的聲音」，終究成其所謂的「靜行式」。

為何以寂靜前行？靜寂，是否即無聲無音？耳朵似揿下了靜音鍵，其實是反襯於現世喧噪，又或是為了更深地儲存恆常的感覺記憶，使之不為日後現實的嘈雜所覆蓋，而像隔著一面窗或影幕，觀看默聲電影，因此有了回想中的迴響。如冠良寫道：「柏林的安靜並非真的無聲，而是一種存在的姿態。就像紀錄片裡屹然的，浮游的冰山，那樣深靜的存在姿態……」

記憶的柏林如是存在，友人坐落在山深處的透明屋子如是，遠離了名勝隨興之所至漫步走入的京都暮紅亦如是。唯僅馬來西亞半島的金馬崙，是真真確確的靜的屹立。

在與文集同名的〈生於寂靜〉文中，冠良揭開思緒最內裡的理由。向來怕吵的戀人，入睡前總有繁多的儀式，戴眼罩、耳塞，窗戶簾幕緊緊掩蔽以阻絕早晨後喧嚷的市街；有一日，竟察覺枕邊的「我」隨生理轉變不自覺始有鼾息。這原是一個關於癖性與愛的體貼包容的故事，卻隨著返回戀人出生的家鄉，有了更深層的意涵。

赤道上的馬來西亞半島，金馬崙高原上的村落被蓊鬱環繞，親人與鄰里過著務農織縫的簡約生活。入夜後，即彷彿大地沉睡，冠良敘述自己未能成眠，竟因為突然的寂靜，無有蟲唧，萬籟俱絕，彷若真空，「我像被拓印在一張平面的圖稿紙，而寂靜是一個俯看我的觀賞者，立體而巨大，完完全全籠罩，將我包裹進他無垠的瞳眸銀河裡……」才知曉原來戀人恐懼嘈雜，是一種對靜的鄉愁。

《生於寂靜》對聲音最溫柔的姿態盡皆存乎關係的描寫之中。「疾身」一輯書寫危脆肉身穿越的大疫年間，「浮世斑斕」捕捉日常決定性的瞬間風景，終又轉回至柏林霧中，「壞掉的可愛」寫那些遭遇的男孩們，尤其有我讀時動容甚深的〈同類〉一篇，寫寂寞的十七歲的姪子，疊影著自己與戀人的徬徨心事。以至最後一輯「舊愛那麼美」，徘徊不捨的人與場景。

讀著冠良所聆聽記寫屬城市的聲音，總令我想起音樂家最後展覽的標題「觀音．聽時」，觀看聲音，聽見時間。他重以敘事疊加的聲響，最後成為電影般的靜默，成了記憶原即非同步的時間性。

我想起春天傍晚看完展覽走過的木場公園，雨綿綿細細的落下來，彷彿一層薄幕，隔絕而覆蓋，氣溫驟降，心卻莫名暖著，因為一段旅路，一些人，我聽見孕生於寂靜最深邃宏偉的一種音樂。

【推薦序】

安靜的好處

蔣亞妮（作家）

我很著迷於許多文學作品裡，描述到當自己遇見自己，或者是他人遇見一個以為不再存在的人，如此場景。不管是透過科幻或是魔幻的手法，像是波赫士的《另一個人》，又或者如霍桑的《威克菲爾德》，那是一種我見我又或者是你見我的幻影術，後來在許多喜歡的散文寫者中，我也看見了這般能力。

《生於寂靜》是一場移動間的自我觀看，旅行似的留下剪影，為著某一年、某一人與某一眼，當然更為著途經過這些時空的自己。陳冠良也寫到了攝影，攝影的鏡頭機身與快門在他指間，但他卻不說拿起、舉著，而是「擎」起拍下；就像從父親的舊物裡掏到的老底片相機，他深情寫著：「這個世界總是匆忙，好像稍慢了，文明就要面臨瓦解。但老傢伙故我地，不徐不疾地去解讀每一次的相逢與經過。我眷戀且依賴地跟隨它，悠悠緩緩，與躁鬱的世界保持一點距離，以三十六張底片的餘裕，在一場西北雨、一陣三月南風；一次次的迎面而來、擦身而過中暫佇流連之後，靜靜等待不可預知的，新的詮釋，浮現。」

曾在偶然間讀到網路上的文學評論，不知哪方的學子認真建議，希望創作者們不要再以攝影解析文學，因為兩者都是獨立的創作型態，我深深點頭，卻仍然在許多片刻，像這本書裡提到桑塔格、提到攝影那般的，將兩者看作不同文體、不同語言的同一詩歌，是的，真正相通於所有創作的從來不是技巧，一直都是對詮釋的想望。

《生於寂靜》裡，陳冠良幾近癡迷地為記憶上色，冶紅、暮紅、絳橘、漾藍……深深淺淺被洗成了裡頭的不同文章，記憶被染色，或許變成一種色違，只作者知曉。我在讀時，總像走在生活中的許多路口，尤其是無事故、不怎麼多人過街的馬路，街上平安可心裡有事。沒有重擊的散文與故事，並不代表傷痛不存在，而是像血跡般可能早已被時間、被凌晨洗地的街車，沖刷過了，才成為一種當下的沒有。喜歡過的小說裡頭，有一個因為承載太多記憶，而被壓垮崩壞的人，我總祈願現實中，或是我所讀見的散文裡頭，沒有這樣的事。

而這種近似趨吉避凶的方式，其實是保持安靜，即使在一本書裡，也同樣可以，因為書寫不僅僅是說話，也是再次傾聽，這是《生於寂靜》的奧義，不管是I或是E開頭的人格分類裡，都有些懼怕的許多存在，比如「寂寞」一事，陳冠良作如此解：「但那寂寞，只是我以為的。不結伴旅行，不一定總是無奈，也可以是選擇。」重複讀書、持續旅行，有時寂寞是因為比起說明，更想要安靜。如他所言，種種不怎麼新奇的概念，讀書、旅行等等，就好比他寫下的文字本身一般，也都是一種選擇。

一種對行走至此所有生活的詮釋。

「而我其實更喜歡這樣不大不小，卻不能不認真想一想的煩惱。文學從不是讓我抵達哪裡，而是確定自己在哪裡。對我來說，文學是日常之事，於是生活怎麼過，遠近遷徙，時光如何滴漏，文學都在，也都有文學發生的可能。」文學觀，更是價值觀，每一種路口，都存在於書本之中，有人張揚過街、有人頻頻回首，默默一隅的人，同樣有自己的風景。

讀這本書時，總是想著安靜的諸多好處，當然，無聲並不是安靜的全部，安靜更似一種活著的方案、一種風暴後才能體解的心境。說不上是一種美德，缺點可能也有許多，但若你問我安靜的好處是什麼？當許多人在不同科學裡頭探問著——「時光真的不會停頓嗎？」

我總相信，在最寂靜的生活中，時光或許也會被這樣的褶襉收納些許，讓一個人寫出更遠更長的字。

推薦語

周書毅（編舞家）

文字在生命曾經行走的縫隙之中流出，被寫下的是用身體才能感受的寂靜。

馮國瑄（作家）

先愛上冠良的攝影，後來著迷他的文字。文字與攝影，對他也許是同一件事。他為散文開創了迷人的「說畫面」風格，他能策動文字說出最有故事的畫面。有時，他藏得很深，把自己藏在鏡頭後面，他是什麼樣的人，都寫在畫面裡。有時，他將自己殘忍地推出來。因為不想麻煩別人，所以我們都不曉得。當他說出口，我們都心疼驚駭地流淚了。

輯一

聆靜

游擊柏林

1

暗中閃爍著一點火光，忽強忽弱，像是一枚人間迷路的星星，躑躅發愁。

拖拉行李箱的空隆聲迴盪夜街的寂曠。回頭一見我落後，便囑我跟緊點，彷彿在你眼皮底下，我仍隨時都有被藏在暗影裡吸菸的魁壯漢子給擄走的危機。

亮著手機螢幕慘白的光，循著無路用的導航軟體指引，我們其實也是兩枚失途的星星。異國陌生的街巷是未被探勘過的星系，我們明明已然身在其中，卻像每天與人擦身而過那般，可以毫不相干。完全盲目的德文路牌安然如常地杵著，面對我們試著找出一點道理的糊塗，只是一派的無關緊要。

城市無所不在的塗鴉素來獨樹一幟，非風格特色，而是鑿在骨子底的東西。那些脫韁的想像，任性的顏彩，日晝裡安靜蟄伏，夜色的掩飾下卻影影綽綽地騷動起來，張牙舞爪的，有點悚然有點忘形，好像一牆接著一牆的祕密狂歡派對。而我三步五步經過，如一個解嗨的不速之客。

沿街一些餐館裡酒正酣耳正熱，我們凍得只有兩管鼻水痛快奔騰。方向正確無誤，地圖上清楚顯示住宿位址就在近處，偏不知哪個關口岔了道，像握有祕笈卻參不透要訣，兜兜轉轉鬼打牆，簡直就是咫尺天涯了。兩個來來回回的旅人身影，在肚腹暖暖的食客不經意的一瞥中，不知是狼狽而已，或者還添有一絲淒涼？

2

十一月的柏林清晨，天光遲，晃悠晃悠的，不擔憂誤了誰的行程。

窗玻璃外整片的灰冷調子，一天要怎麼開始幾乎沒有眉目。旅人的時間是日常以外的奢侈，一絲浪費都罪惡，裹起大衣，圈緊圍巾，先殺出門再說。

街口那間咖啡館是說起話來呼吸微促的房東太太蘇珊娜女士的私心推薦。

店裡從食物到陳設皆拼湊路線。多款貝果葷素餡料混搭，各司其味，互不搶戲，嚼醒了我舌頭的新鮮感。桌椅擺飾無一物一件重複，顯然是經年累月這兒撿那兒蒐的成果，款式不拘，堪用就得，儼然一座小型跳蚤市場。

實在惦念那食物滋味，期間又光顧了第二回。忙進忙出的高鼻子女人，上次沒見著，冷峻模樣不像店員，判斷該是店主人。她手腳索利熟練，面孔卻板板地似尊刻得生硬的雕像，對我們不苟言笑倒也罷了，猜忖她大概心情微恙，然而眼見她對另一組自舊金山來旅行的老夫婦親切躬腰，有問必答，你我相覷，心裡一股「我們是不是哪裡得罪她了？」的猶疑。

她讓我想起專售設計禮品的百貨店裡那位在櫃台做結帳服務的年長女士。窄窄的臉孔，身形瘦削，銀灰髮絲梳得熨貼，一副架在頭上的眼鏡看起來很是精打細算的樣子。當我們嘗試英語溝通，她卻堅持德語應答，雞同鴨講的局面一度演變比手畫腳。若非她始終輕輕掛在嘴角的笑意，使人意會她可能不諳英語，我也許會認定她打心底不屑任何母語以外的語言。

上回穿黃色防風夾克的男子又進門兜售德版《大誌》（*The Big Issue*）了。同一期，同一套寒暄的開場白，不同的是，他澈底忘了已經賣過一份給我們。

3

雲破了綻，光才漏了縫。連著好些天，柏林都是乍雨乍晴的脾氣。既然捉摸不定，也就效尤熙攘行人遇雨不打傘不怕濕的態度——隨它去罷！

廢棄的老舊工廠建築群，現在是匯聚各類藝文活動的開放式社區。固定的日子有市集。穿越尚在沉睡的園區，說是有所用途，部分的頹傾還是任由蔓草叢茂。昨夜一場急雨過的水窪映著小心翼翼的腳步，一旁顛顛倒倒的落腮鬍男人浸淫通宵達旦的茫醉裡，戴著毛帽的白鬍子老人一路撿拾，拎滿兩手空酒瓶。

路上的樹脫盡綠衣了，嶙峋枝骨像火吻後的乾癟。有些反骨的，抖擻一身噴泉似的燦黃碩葉，像嚴冬了還捨不得換掉秋裳。偶爾，陰天午後，無雨，霧會低低的沉澱下來——低到把高高的電視塔幾乎整座隱形了。

愛因斯坦故居吃了昂貴早餐，朝拜過包浩斯博物館，搭乘的公車駛向國會大廈，將近勝利女神紀念碑前，停靠的幾站都是城市綠地公園邊緣，幅員之遼闊可見一斑。挺拔林木疏疏密密，墜鋪一地褐紅葉床仍不見頂禿，蜿蜒小徑掩在其間若隱若現，彷彿通往什麼化外祕境。若不是細雨濛濛，泥濘難行，恐怕已經半途跳車去探個究竟。你說陽光的日子肯定夢幻極了，我想像起金色光芒篩過葉隙的斑斕迷離。西柏林的氣質正經得叫人冷感，那片林子的原始生氣於是格外活潑。

那道圍牆即便不是冷戰歷史的餘燼，卻也掐頭去尾，只算殘跡了。剩下的段落，身上不記載傷痛，已非兩個半城壁壘分明的界線，如今它輕盈得只是一處被觀光的地標。不止圍牆，很多過去疤痕般的遺存地，遊客們一陣風一場雨般喧譁過紛攘過，鏡頭怎樣取角拍照才是更介意的事。布蘭登堡門的廣場上，遇見獨身旅行的黑人女子央你為她門前留影，喬好距離位置之後，手機裡的她赫然拉開鍊得嚴實的皮夾克，不畏凜寒，挺起薄薄細肩背心撐著的豐滿胸乳，自信而歡快地變換多款嫻熟，彷若演練無數次的招牌動作。

較之西，東柏林的形容落魄，但性感。這半城陳舊了，可是舊的只是輪廓。不剷除，不抹滅，並非擱置荒蕪。它敞懷迎向所有來妝綴、發掘與豐富的種種靈感，哪管如何膽大妄為，詭異畸形，甚至無聊滑稽，它都接納下來慢慢消化磨合。若擬人的性情，我以為就是外冷內熱了。

柏林柔軟的身段，低調卻早已盛名遠播的獨立書店 Motto 是非常具體而微的例子。

大街旁，過穿堂，不刻意擺布的正方櫥窗像是家中廳室用來填補空白的掛畫。踏入頗沉的玻璃門扉後，地窖般既蔭涼又陷圍的窘迫感一下扯緊了神經，那緊張不是窒息，是一眼即預感空間裡充斥太龐雜的創意，埋伏的驚喜，興奮著目不暇給又隱憂遺漏錯失。櫃檯裡五官十分日本味的亞裔女生細聲答應著一群穆斯林女孩的查詢，未見其他客人，或店員，可是耳畔明明擾動著許多沓沓人聲。凝神留意，啊，原來是揚聲器播放的背景音樂。說是音樂並不精準。對話般的咿咿嗚嗚不成語，像梵音嘛卻無音律，倒更近似單純的發聲練習，短促、凌亂，失序的參差起落。狹窄店內陳列的出版品，在在顛覆傳統出版的可能與想像。主題、內容、形式，媒介材質到裝幀方式，要多偏鋒就有多偏鋒，小眾二字遠遠不足以歸類那些創作者的隨心所欲。

曾經的分裂，讓衝突成了一座城市的特色基調。然而，僅僅衝突是不夠的，彼此交融中還各自堅持本色不改才激盪出最大的魅力。

4

奇怪的是，回來以後，我想不起柏林的聲音。如果一座城市有屬於自己的聲音。記憶裡迴播的畫面缺失了音效剪輯，彷彿是孤獨自轉在失重銀河裡的無名星球，沒有聲音，那裡神祕的魔力就不會遭到洩漏。

耳朵什麼時候被撳下靜音鍵？我想，是有必要重返偵探一番。

你總形容柏林是一座超大型獨立美術館，就算走馬看花也俯拾皆是精彩的當代創作。但我感覺柏林更像是創作者們的行動工作室，他們自由自在，不羈浪遊地四面八方游擊，隨處隨機留下的，也許成品，可能半成品，卻讓城市迸射炫耀而吸睛的鋒芒。

「What Artists See When They Look At Art.」

這是我在某書店讀見的書名副標。

在我眼中柏林無疑是藝術的。而我不是藝術家，不清楚藝術家如何看待柏林，但我是這樣看柏林（藝術）的：沒有人應該是什麼樣子，在那裡，只有你想要什麼樣子就可以是什麼樣子。

柏林靜行式

柏林明明是一座城市，不知何故，我老錯覺它其實是獨立瀚渺宇宙裡的星球，會不會過於漫長的轉機，如一次太空中穿越光年的飛行？

去了一趟，柏林從此成為我心中深刻安靜的所在。那靜謐，像年代久遠的老電影，磨損的音軌，飄飄忽忽，聽見了什麼，又不真切，隨著記憶在距離中模糊，而模糊的就等於空無。

如果不是在冬季，柏林會是個如同屋壁上、磚牆上的肆意塗鴉那般喧囂的地方嗎？我猜依舊冷靜吧，彷彿黑夜的沉默遺留在白天裡。路上的人，孤身或結伴，繼承了那沉默，連懷抱裡、推車上的幼童也不浪費力氣哭鬧，只骨碌澄澈的眸子好奇探索周遭的許多經過。

不設驗票閘口的地鐵站，沒有鞭炮般的嗶嗶叫此起彼落，進進出出的乘客都像斜在地面上的影子，無聲，人潮如何洶湧，也只似細水擊石那樣一點騷動。即便站外販售某些「鬆弛藥物」的年輕人，也僅是草草書了一片瓦楞紙板，不攬不攔，鵠候岸邊垂釣那般，等著願者上鉤。

列車一站站開門，關門，規律轉載著上車下車各自來去的紛攘，有種事不關己的冷眼。搭車的人，或站或立，散落著，有人閉目有人閱讀，不太有捧著手機低頭的，最多的卻是木木望著窗外，說是看風景倒更像是對自己人生中的某件事或人駐思。臉頰粉撲撲，觸不及地的兩條小腿像在盪鞦韆的小男孩與我對上眼，秒間避閃，那裝作若無其事的模樣惹了我嗤嗤笑。車過一站，又停一站，剛上來的頎瘦男子，背起彷彿是唯一家當的破吉他，撩撥兩下，就婉轉起勾牽內心蒼涼絲縷的旋律。

城市掠影在窗格外匆匆映過，清晨黃昏，每一幕都有不同光線的轉折，不留意便是水過無痕，一旦凝了眼，就成一場以城市景觀為敘事視角的蒙太奇。在柏林現代藝術中心（KW Institute for Contemporary Art）的一間展覽室，漆白牆面投影16mm底片拍攝的氣候變遷紀錄影片，我們坐在長椅上，像坐在車廂裡，方塊形的映像是一扇窗，窗外是船行間的畫面，偶爾搖晃，不甚穩定。航程上，淨白糅著深淺的藍，一座座冰山靜定著，漂浮著，有時驚心動魄地一瞬崩解，像被爆破移除的廢棄大樓。室內迴盪的只有船艇的馬達聲，那大片大片寂靜中消沉的冰體於是更加的怵目。

柏林如同其他現代城市，不缺該有的發展與脈動，然而那兒的運轉如齒輪間無比順暢的齧合，好像不貼耳傾聽，便無法感應胸口裡心臟的搏跳。

或者，單純是我的遲鈍嗎？

暫宿的樓寓在東柏林區域。過去的冷肅氣息還滲在灰泥磚瓦間，時光繼續前往，寂寞仍留在原地。老式住宅中庭院子的大樹孤零零杵著，更顯得瘦高，有個昏濛的早晨，我恍惚聽見離枝的葉墜地，那寂寞的，寂寞的顫抖。

那些日子，熹光遲遲，暮色倒是一點不拖沓。臥房對面窗口是房東太太蘇珊娜女士的廚房，一盞暈黃小燈捻亮了，丈夫肩掛毛巾埋首張羅起晚上的餐桌。

燭光搖曳的餐館裡吃了肚皮與睏意一樣飽的晚餐，忘了雲是否遮了月光，但有溫柔的路燈陪伴散步。

夜遊，石板路潮濕，午後驟雨的遺跡。戀人交首耳語而來，未聞甜言，只有蜜影。微光餐廳裡人們酣熱的飲食動作，望去像一幕默片電影。變電箱上棄置的空酒瓶，大概是蹣跚的人不想把醉意帶回家。癱瘓街燈柱下的單車，不知誰竊去前輪，讓它動彈不得。慢跑者跑過自助洗衣店，空蕩店裡的洗衣機獨自轉著，遛狗的人停下點燃一支菸，腳邊的小傢伙夾著尾巴繞圈躁動著……

附近街區的屋宇樓房說不上破舊，但歲月的斑駁是顯而易見的。民居臨街的大面玻璃窗後排列的植栽，有的含羞帶怯，有些婀娜冶豔，一系列粉嫩色盆器，清新討喜，毗鄰商號的霓虹燈就無可挽救地俗麗了。密密麻麻，幾無空隙，那些在牆上抹得絢麗的塗鴉，完整或殘缺，甚或無意義，與其是表達什麼，毋寧更似在掩飾些什麼。然而在地的人們連餘光一瞥也無心，我又何須糾結，所有的快樂悲傷，激情或憤怒的情緒可以在藝術手段裡完成一次發聲（發洩），或就是這座城市的生存哲學，也是在黑暗中熠熠發光的理由。

回到平常的生活之後，某些心煩意亂的時刻，柏林的安靜就會蕩漾地淌過心頭。

我想對我來說，柏林的安靜並非真的無聲，而是一種存在的姿態。就像紀錄片裡屹然的，浮游的冰山，那樣深靜的存在姿態，使得柏林深邃、沉鬱而空闊，如一片無邊無際，可以自由飛行徜徉的寂寂夜空。至於，那轟然崩潰的，且就當作是那道曾經分隔東西的圍牆罷。

或許如此，我才沒將柏林認為一座城市，而是遠在光年之外的寂寞星球。

雨時記

這時刻，雨傾。

梅雨系統在島上空迤邐，像結構嚴謹的長篇敘事詩，讀得人一口氣喘不過來，窒悶。

零散的雨滴，亂節拍，無序，有時憑靠一段風而疾，偶然粉碎一截棚而寂。水氣都是悠緩的，緩緩的滲，悠悠的浸，泡靡了意志，情緒卻汲飽了濕意而沉甸。是第三天，還是第四天了？每晨天光霾深，像含糊唇齒間的言辭，聞而不清，聽而不明。其實沒有太多心事的，泛潮的空氣卻黏答答地硬是拖累了什麼似的。

雨水是蘸顏的畫筆，濃厚了每個人、每件事物的色澤。城市如一片塗抹花生醬的白吐司，樓寓泥牆，街邊綠樹，灰白馬路，一朵朵傘花……觸目所及皆非原本的色階，就像被修過圖的照片。一切加強的對比度，狠狠突顯我在枕上醒來之後，必須面對的日常規律的約束，總是不那麼心甘情願的某些。

這時，那刻，已然分不清哪個時刻，畢竟有干係的都指涉著雨——話與正酣暢淋漓，不想歇語的雨。即便是令人厭煩的獨白。

春末，肺炎疫況緩解，夏未至，季節的雨分了神，較起前些日子轟墜得特別使勁，現在似乎鬆弛許多。

午後，雲仍厚，雨點間續，似鑽過破洞的漏網之魚。搭坐H開的車，積窪的道路上，車側不時揚起水織的翅翼，一陣顛、一會晃，如飛。窗外，經過的都是不趕時間的匆忙，暫停的號誌前，只有不避雨的我是慢的。玻璃面上的雨徑蜿蜒善變，像沙漠瞬息變幻的稜線，扭曲的景物便彷彿海市蜃樓了。

穿越簡直快被綿雨揉出苔味的鬧市，盤旋過幾個弦月般的彎道，拐上坡，路和雨線頃刻一起奔斜。塵囂隨著城囂愈行愈遠，半山林色如拆掉緞帶的神祕禮物，盡露不羈姿色，野生的落拓狀態。H手中的方向盤熟練流暢，拔高的邊崖如無堤的岸，白茫霧海翻起大浪，輕易就淹過視線，漫過遠方。

H的透明屋子，坐落山道盡頭一處帶絲頹廢氣息的陳年社區。左鄰右舍皆是空，清幽自是不在話下，整條巷路就是私人停車場，擱哪都不必擔心礙到誰，最生氣蓬勃的就屬前後叢圍著二層樓宅的鬱蔥植物們。傍屋的那株柚子樹，大概是個老糊塗，分不清時節就像搞不清時間，一年香甜的果實纍纍，隔年卻跳過結果直接生花；還有那巨型的鹿角蕨，早先費心照料卻要死不活的，半放棄地掛在門庭前大王椰子樹上，陪一旁的龍柏、莎梨一起天生天養，反而豐腴肥碩、頭好壯壯了……那些高矮不一，普遍或難得的綠色傢伙，H都有一番與之糾葛的情愫，如數家珍。

鉛雲又鎖霧，在天台花園望不見晴朗時一覽無遺的盆地，倒是素白混凝土地上分布著地圖般塊狀的潑雨漬印。H說無事時候喜歡欣賞對面屋子，那兒長年閒置，貼磚樓身披覆流瀑般藤蔓纏成的衣，彷若還待在歐洲時常見的優雅老宅邸。

稍息的陣雨又挨挨蹭蹭地讓微風給牽來撲面，H指間的菸輕燃著一圈欲振乏力的疲懶火光，彼此話語一時擱淺，沉默就相偕水霧舞起，漫成沾襟的薄涼。

別具心思改造的老宅，連接開放式廚房的餐廳從前屋無縫延伸至後院，以全玻璃帷幕隔起的空間，內外邊界隱形了，坐在那裡，就身在自然裡，而那裡是H最常逗留的所在。不特別打理的家院，依憑環境的給予自成一格生態形貌，那些不管是原生或後栽的鷹爪花、姑婆芋、荷花玉蘭、白雪、含笑、桂花、芒果樹……縱然綻謝有時，卻歲月不改地陪著他在那兒居家生活、瑣碎日常，但更多時候僅僅是由著他發點獃、偷個小盹。不打擾，或許就是自然本來的溫柔了。

烏青天色又昏了些，懸吊的罩燈益發暖亮。聞著甜美，啜卻潤淡的茶逐冷，碟子裡的奶油餅乾受潮欲軟欲癱，未被青睞一口的小蜜蘋像是萬般委屈地沁滿了汗淚。不知從哪道縫隙竄入躲雨的無名蟲子，飛掠過我髮梢，復又徘徊臂袖，H要我別驚慌，他小心輕柔地捏捕，像護著易碎品那樣，推開門，輕一拋就送牠回返屬於牠的樂園。

山中一如既往不甩世事繚亂，恆靜。唯雨還在，在顫著葉尖，叮著屋簷，吻著泥土。一念間，原來細微的騷動中安靜才存在，無動而有靜，只是不知不覺。寂靜會加倍增幅時光悠長的拋物線，就不說H搬遷入住已經過多場春雨，我不過是初到一訪，暫且駐步的過客，卻已像是靜好半生。

到了這時刻，再說什麼都是消耗，該離開了。雨仍紛傾，一如我們還有各自的去向。

生於寂靜

以前並不知道自己是會打鼾的。

一個人的房間，獨眠，即便響鼾堪以夏午蟬唧、春夜貓吟分庭抗禮，我也不會有所覺知。但透天厝同住一層樓的老弟，本來就是呼吸道過敏的體質，加之長年戒之不卻的喫菸小酌，且不說平常其鼾之驚天地、泣鬼神，當鼻炎發作，鼾聲變得崎嶇破碎，偶然大鼾忽熄，我便會心上一悚，豎耳膽戰起他是否窒息，斷了呼吸。每每拿來說嘴笑鬧，老弟一臉窘之外，也沒能反脣相譏我還不是一樣。而與朋友們出遊外宿，同樣沒有聽過抱怨我擾人好夢，現在推想，大概是認床的關係，所以淺眠而釀不成鼾了。

後來，交了戀人，同床共枕時有之。起初兩個人半生不熟，彼此尚有許多陌生留待探聽，我連睡覺都下意識維護著矜持形象，睡不酣，當然也就不鼾了。

戀人怕吵。

他是一個敏感的人。而他的敏感便是體現在「怕吵」一事上。怕吵，不純粹指音量大小，也包括了感官上任何細瑣的紊亂煩雜。

每晚就寢前，眼罩耳塞是必不可少的基本配備，窗簾更得一絲不苟地嚴密遮掩，好像除了預阻晨曦刺目，夜空裡那盞曖曖月光也是干擾。然而，市塵擾攘，工地趕進度，大車轟隆小車噗噗，鄰戶在午夜時分啟動的洗衣機……外面的世界自有其節奏，甚或無秩序，想方設法降低被影響程度，有一回盡人事了仍不得一番清靜，乾脆另覓巢穴搬家。

戀人千防萬堵，怎樣也沒料到最大噪音源多年前就潛伏在耳邊。可謂機關算盡，百密一疏，哭笑不得。當他苦著臉哀怨陳訴事實，我本能反應地否認，深覺誣賴。被我回譏幾次口說無憑，他竟拿手機錄下證據反擊。百口莫辯的我，聽著那彷彿什麼外星語的聲頻，腦中迴播起那些老弟鼾聲伴奏的夜晚，以及原形畢露的赤裸感……各種尷尬攪和一氣，澈底惱羞成怒，我板起冷面冷戰，他感覺無辜，我卻一時半刻只能以不可理喻來掩飾自己。

我會打鼾已是無以轉圜，換了枕也罔效，為了不加重他的黑眼圈，也內疚地提議過不如就各睡各的，但他一口否決，還啐我荒謬。長久下來，他嘀咕從窗隙門縫滲漏入屋的喧擾如故，卻鮮少在我面前嗟歎夜難安眠。無論是顧全我顏面，圖個相安無事，抑或者頹然放棄掙扎，我知道都是他的體貼。可是，嘴上不說，呼嚕嚕的鼾息並不因此滅絕，實在受夠了，他還是會試探地、小心地企圖將我推挪成側臥，求個暫且安寧。

戀人的怕吵其來有自，在一次機緣下，我意外發現了那個算不上祕密的原由。

戀人成長於靠近赤道的馬來西亞半島。有一年，他帶著我，一起回家。在檳城停留一夜，剛破曉，我們便搭上巴士，展開了數小時的長途跋涉。車外熾陽猛烈、黃沙飛揚，繁鬧街衢、阡陌田野，風景輪流轉，車內乘客全像搖籃裡的嬰孩，瞌成一片與世無爭的沉寂。停經幾處如廁需要付費的公路休憩站之後，我們抵達了金馬崙高原。

溫度切換成舒爽模式，五月的暑熱被遠遠遺棄在幾百里之外的城市裡。

戀人的老家坐落被勃勃蓊鬱綠意環抱，得爬上一段微喘緩坡的山丘處。聚居多戶並共用一條走廊的組屋，四方框起的設計形式，圈出井字中庭，自成面面相覷、聲息相聞的小社區，類似香港的公共屋邨。

父母辛勤務農，胼手胝足攢下一廳二房的小單位，不大，卻是三口人遮風避雨，安穩度日的最好的家。屋裡一切清簡，沒有多餘什物，一如樸素生活，就算粗茶淡飯，三餐溫飽已是豐足。若要說最貴重的，也許就是母親那台噠噠縫製、補綴過無數布匹衣料的老裁縫車了吧。戀人直至十二歲負笈寄宿學校前的記憶，便全是在這屋子裡的每個晨昏，乖巧搗蛋、獎勵挨罵，還有那香氣彷彿仍留在舌尖，餐桌上自家種育的特別甜美的高麗菜。

正午過兩點，無絲風，懸吊出柵欄外晾晒的短褲汗衫也聲色不動。廊道上遇見住在隔壁，剛散步返來佝僂的印度老嫗，親切如昔，戀人說孩提時代受她許多照顧。梯間拐彎的水泥地上不知是誰恣意揮灑的藝術創作，一簇簇妖嬈盛放的花朵在默默燦爛。一牆整齊列隊的木釘郵箱沒有信件或半張廣告傳單，清爽得像裝飾用似的，幾輛三輪的娃娃腳踏車挨擠在幾何圖形鏤空的磚牆邊，像是被幾個小兔崽子為了追貓追狗追蟋蟀而匆忙撇下的……樓上到樓下，整座組屋像是盹著了，搭好的日常生活布景，空著，靜悄悄的，沒有演員從帷幕後出來亮相走位。

陽光柔煦，金馬崙年均溫介於攝氏十五至二十五度之間的高地氣候，軟化了半島始終火爆的脾氣。

小鎮大街上，旅館小吃店、茶鋪雜貨店一應俱全，來自世界各地，卻步履同樣慵懶的旅人時不時錯身而過。雖是著名避暑旅遊之地，這普通日子裡，一爿爿店鋪門前大多空落落，待售的商品貨物，與陷在藤編躺椅裡神遊的老闆相看兩不厭，偶然盲飛亂竄的蟲蠅才稍稍攪動了連塵灰都浮不起來的空氣。而類似「網咖」可以付費上網，擺著遊戲機的「娛樂場所」倒是不意外地人氣熱絡些。街道盡頭，連綴著一排食檔，已過午餐時刻，簷下整列藍色桌椅不見食客。緊鄰在旁賣炸香蕉的小販，簡陋搭起的攤子像是占在馬路邊的違章建築。

飲著一袋涼水晃悠，離開了街區，高低綿亙的田地山坡與樹林大片鋪展，遠方山不修邊幅的稜線靜靜伏臥著，其間錯落砌有煙囪的英式風格屋宅外，還拔地而起一式的龐大樓群，戀人嘆那些都是逐年增蓋的觀光飯店，開發是不會停止的了，約莫再幾年就會像南投的清境農場一樣，不再是清境，小時候印象裡的家園模樣將蕩然無存。一路慢慢走逛，戀人導覽般細數自己曾在這裡那裡發生的點點滴滴，遇見一些熟悉的，或喊不出名字的花草，最讓我驚奇的就屬隨地漫生、隨手可摘的龍鬚菜了。盤旋而上的路旁，一段一段略顯凌亂的不規則形狀石梯，以四十五度或六十度角斜切、橫跨，成為坡道與坡道間的捷徑，省了不少腳勁。來到英殖民時期遺存的老教堂，時光洗過的磚石黯淡，木門漆面微微斑駁。教堂局部如今用作小學校園。不上課的週末下午，孩子們的嬉戲是遙遠的餘波，正喧騰的是那近在眼前髹得鮮黃的牆柱，張貼垂掛的學生們色彩大膽繽紛的美術作品。

向晚，風躡著手腳而至，讓人雞皮疙瘩地抖索。白日的清涼轉而清冽。若不是舟車勞頓，就是半山夜色有催眠效果，似乎才剛晚飯過，睏懶便偷偷摸摸上了眼瞼。

梳洗過，窩進通鋪上的碎印花被褥裡，好整以暇地閉上澀澀雙眼。

我等待的明明是入眠，但，來的卻是清醒。

在漆黑的虛空中眨著眼，我確定是未曾經驗的安靜喚醒了我。沒有蛙鳴蟲唧，沒有塵世窸窣，萬籟俱絕，那透澈的止息，是宇宙，是真空，是失去磁場，沒有引力，深深沉澱，無一絲絲懸浮。我像被拓印在一張平面的圖稿紙，而寂靜是一個俯看我的觀賞者，立體而巨大，完完全全籠罩，將我包裹進他無垠的瞳眸銀河裡……我從小就家住繁忙的嘈雜街市旁，房裡凹凸格紋的落地窗也沒裝窗簾，所以練就既不怕吵更不畏光的金剛不壞之體，不得不承認，過去雖可以理解但卻無法體會戀人何以那麼嚴重，近乎誇張地排斥，甚至恐懼吵雜的環境，然而那當下一刻，我真正明白了他——到底，他是被這樣的靜寂餵養長大的孩子呀。

喜歡在睡前說說話的戀人，像怕誰偷聽似地，細細飄飄的聲音貼在我耳畔：
明天我帶你去茶山看一看。

暮紅

甫脫離永觀堂的萬頭鑽動，就毫不猶豫取消了之後所有紅葉名所的行程。是晚秋了。楓顏片片暈染深淺層次的朱色，拗點的還披著蠟黃，害臊點的已經熾豔得要燒焦了。

都說賞楓跟追櫻一般，求的都是時機，早了扼腕遲了抱憾，晴藍下，鋪了滿天眩目的火焰正炙，很幸運，我們來得剛好。然而，蔚成風潮的必有人潮。誰都不想乘興遠道而來，卻只與陌生人沒完沒了地挨挨蹭蹭，敗了遊趣。我們趕了個清早，以為算盤打得巧，偏一山還有一山高，總是有各路人馬搶得更早，那欲避開熱鬧的心機啊，大家都一樣，簡直就像冤冤相報何時了。無奈，樹上滿枝紅，樹下滿眼黑，如何殊美之景都要淪落黯然失色。

迴避清單上一串名院，也不算什麼覺醒，就是轉個念頭而已。家花水水，野花香香，各領風騷，但我想，沒有圍護在深苑長庭內的或許別具自在姿態、更富生命力。

鴨川潺流靜遠，如常，恆常。兩畔坡堤，刷成淡褐的草色，不蕭瑟，反而像軟綿的毯席，即使有時陣陣寒風薄凜也讓人想坐下來，也許一冊書一頓午餐，或不做什麼，就扔掉時間，鬆綁一切思緒，認真發發呆。一路上溯，大約過了鴨川三角洲，沿岸樹梢上的秋色才真正凝聚了起來。我們踏著單車，在緩坡與馬路之間的窄徑。行人偶然，落葉悄悄，最繽紛喧鬧的，是參差夾道的楓樹銀杏——絳彤胭脂、蔥綠柳黃，各縱本色，就像顏料恣意混融揮灑的筆觸。

午後藍天，積了雲，棉絮般的雪白，顯然不帶雨。

週末的京都植物園裡，有扶老攜幼的闔家歡樂，也有這裡一二成夥、那裡三四成群在出外景的婚紗攝影。雖沒什麼衝突性，我心裡卻臆著：哄撫小孩的父母與著傳統和服的新郎新娘，是否會在彼此身上憶起了從前、看見了以後？

一入園，便可見打理得一絲不苟的花圃。花兒們列隊迎客，乍看和諧，但就像各自妖嬈的身段，各懷各的鬼胎，爭妍鬥豔，那美麗竟也俗了。如此雜卉，還不如來時途中偶遇的一朵白茶花。往更內裡探去，是邊幅不修的園區，有幽徑，祕林亭台，寂然無波的綠水湖，還有席地野餐晒太陽的悠哉人們。不壓抑就釋放了自然的莽莽生氣。此處的楓木透露著不拘小節的脾性，挺拔枝幹如振起的翅翼，覆了一身的冶紅直率得沒有一絲邪氣。拱橋旁，身形嬌小，年紀少說八旬的歐吉桑，抓牢的手機舉得高高的，鼻梁上架著老花眼鏡，斟酌著以什麼角度拍攝梢頭的紅葉最理想……他分外認真的專注神態，像個孩子單純古錐。

這城，較以春天的粉嫩，此時節，如同歲月遲暮，濃了色階，深了紋路。

京都御苑裡四季的枯榮，閒適的安坐，沉默的散策，來來去去，如昔。在這兒逢過新綠、擁過櫻雪，暮秋的楓采是初相見。車輪在碎礫路上碾得嗶嗶剝剝，煞是費勁，起初嘀咕過這樣鋪路太不親切，之後才領略了那是要人放慢速度，無論踏車或徒步，無論生活的運轉有多麼煩亂緊張。道旁楓林，大片紅葉累累低垂，像壯麗奔瀉的瀑布。夕陽漸弱，絢燦微光將整座林子燃成瀲灩的海，我們迫不及待地投身潛入，像飛蛾撲火般。相機鏡頭裡，四爪五爪六爪七爪，任何形狀的楓葉，飽浸暮色，幾葉孤紅繡上了金邊，脫穎而出，彷彿遺世，卻不獨立。數大或許便是美，不群也有不群的個性魅力。一如那些墜伏泥土、飄浮水池，徘徊青石板路與被有情人夾藏扉頁裡的。

幾日漫遊，晨昏暖冷跌宕，有不厭的識途，也有誤闖的陌路。兜兜轉轉，時順時逆，所有意外的相遇都是旅行的意義，而不遇的，便成為下次繼續旅行的理由。衢巷間，許多大小寺院與神社，坐臥時光裡，緘默不語，暮鼓晨鐘，守護街坊鄰里現世安穩的平凡願望。我們穿梭的行跡不期然，有時漫不經心錯身而過，偶爾驚鴻一瞥竟戀戀躑躅。

某早，曦光微微。在上京區妙顯寺的寧謐後巷，一隻橘毛花貓躡躡，警覺顧盼，我執穩相機，步步試探亦步步挪近。牠看來不卸防但也無所畏，我得了寸又進尺，蹲在適當的距離對焦，而牠像傚我般，捲尾一收，球足一攏，端端正坐，一副專業麻豆的派頭。我拍完站起，牠也縱身躍上瓦籬而去。青瓦上方蓬遮茂密紅葉，鬱鬱毿毿，如凝止的晚霞。入寺，石燈籠座下堆著碎片破瓦，是前月颱風侵襲後的遺跡。持帚僧人，垂首掃著一夜之間的殘枝敗葉，一撥一撥，不疾不徐，彷若入定是修行，規律也是。拜殿後側一隅，木棧穿廊旁，一株孤楓，頎長斜倚的婀娜之姿，形如松柏，又狀似一線嬝煙，佇立其前，腦海裡閃掠過低眉禪定的佛、雲裳飄逸的紅顏美人等等意象……也許這就是所謂的賞楓之趣了吧——姿態人人皆可觀，意境就靠各自演繹了。

如果京都是個夢，一定是千年不醒的夢。而在這本應清寂的秋，我夢見了那兒因為一疋疋張揚的紅衫裙而沸沸喧騰，如一場紅焰徹夜熱烈的慶典。

聆靜

穿越喧鬧市街，過十字路口再一小段路，便抵達本山佛光寺。只隔一道石砌牆垣，市塵揚起的懸塵盡斷翅落土，歸復沉寂。好像世間的煩擾都在門外止步，識相地不撩亂了佛院清幽。許是寺區腹地不大之故，聲響迴盪不開，不管是鋪礫路上的嚓嚓跫音、風搖枝葉的沙沙湧浪、孩童的追逐嬉遊，甚或學生膝上的書頁窸窣……種種意識感官所接受的，皆靜。雖然並不為了膜拜祈願而來，但凡安靜的，便彷彿虔誠。

說來大概俗氣，坐落寺內一隅的雜貨選店 D&DEPARTMENT 才是此行目的。店鋪是木造町屋，裡面空間呈狹長格局，中島平台左右兩側過道僅容一人走動，客人們於是像踏上生產線的輸送帶，以U字型依序魚貫進出。陳列檯上的商品，隨著每期主題的更迭而異。販售的，有新品，有舊物；有已成往事的，亦有等待著開始第一句的故事。

選了幾隻碗、幾張碟與兩色提袋結帳。拿出護照抵稅時，蓄了滿腮短髭，眉目俊朗的男職員，靦腆著笑，用略為羞澀的英語與我們攀談了起來。話題間，自然不外乎要再三感激臺灣在日本震災期間慷慨解囊的幫助。

來客潮續不歇，嘈沓卻仍是馬路上的事。

在D&DEPARTMENT毗鄰的dd食堂裡喫冰，氛圍安寧，加上午後薰風徐拂，眼瞼竟就成了瞌睡蟲蓬鬆的眠床。鄰桌那女孩，點心還沒嘗味，人已先伏桌盹寐。既驅趕不了愛睏蟲，只好自己收拾收拾，起身晃晃去罷。

是日陽光舒軟，溫柔得像是自彈自唱的歌手，抱著一把吉他，簡單的和弦，幾句輕哼就讓人忘情。

與食堂相對面是兩座佛殿，兩殿之間以架高的廊橋互通。早課已過，晚誦猶未，木魚啞，案香熄，黯深殿堂內曠墟般森涼著。盤坐低眉的佛不似憐看人間滄桑，倒像唱經聲又起前趁隙偷盹一番。

兜轉一陣，錯身三兩遊人。然後，遇見了她。

她就自己一個人。單人旅行。

我們的動線靠近以前，她擎著那台Nikon數位單眼，把寺裡能拍的都拍遍了。K被逮個正著，在她的懇託下充任起攝影師。記不清她自我介紹的細節，甚至名姓。果真是萍水相逢呵，一點都不留心。大約只依稀印象亞洲臉孔的她來自美國加州，是某一專業領域人士。

她熟齡而纖瘦，身上那飽鼓的黑色大背包於是顯得特別沉重。她可能單身未婚，也許不。說起話，聲調爽颯，速度飛快，但清晰，猜是不拘小節的性情。她領著K四處取景，指導著什麼角度的光線會讓人特別容光煥發。在陌生人K面前，她的姿態與笑臉落落大方，沒絲毫彆扭。拍了許多之後，她要求錄一段動態影片。鏡頭前，她可能對著某人，又或者是未來的自己，侃侃著哪年哪月到了這方祥和美麗的所在，以後一定帶著家人再來一趟云云……。鏡頭裡，她笑得燦爛——太燦爛了，鏡頭外她形單影隻的畫面竟如湖心投石，惹起我一腔漣漪般，分外寂寞的情懷。

但那寂寞，只是我以為的。不結伴旅行，不一定總是無奈，也可以是選擇。到底就是旅途中一次善意的交集，離了便散了，沒有干係，如何揣想，多餘而已。

那時節，嫩綠初萌，氣溫不咬人，訪櫻或賞楓的旅人也都暫時匿跡。

有此一說，新綠的京都，才是屬於京都人的。坐在食堂外那株勃勃秀挺的銀杏樹前，聽耳邊徘徊的寧靜，如此京都，何止是京都人的，也是我繫戀的京都好時節。

輯二　疾身

疫年

二〇二〇，一年盡了那時，有些事，卻重又起了頭，比如許願，比如疫情。像是一首原來已是拖沓的歌，末了還加碼一段峰迴路轉，幾乎渾然忘我的尾奏。

微微回瞥，覺得一切皆淺，不是船擱淺灘那種動彈不得，是一場未竟的疫鏤心刻骨，而稀薄了所有。全球新冠肺炎的危機肆虐，種種不穩定、不確定的狀態，讓某些想法，一些計畫，推延或取消，全像打了水漂，圈圈漣漪終無痕。

盼著冀望的，等著倏忽被剝奪的隨意日常，盼著等著，生活中的各種距離時鬆時緊，無論如何還是有幾個跳不過去的空格，日子的腳步分秒滴答猶未絲毫遲疑，心底畢竟也清楚了逝去的時光無可補償，花謝的此刻，來春便是前世，花再開也已非舊花。就像快樂都是在夜幕新綻的煙火，僅僅絢燦一瞬的當下，多美多驚喜，滅了就沒了。

這一段蒼白的時間以來，你我一起擁有同一張酷似的臉孔，最多就是在覆面的口罩上費點顏色花樣的心思。如果減少的對話像減碳，呼吸的空氣會再乾淨一點，只剩眼神交集的我們能更輕易看透彼此內心嗎？與K有時為觀念為態度為小事爭執，一次半路鬧到多說一個字都會咬到舌根地步，帶妥口罩進了捷運站，心裡悶拗的兩個人，被薄薄的淡藍口罩藏起所有細微表情，更遠地隔閡開來。是沁著寒意的十二月了，我們之間卻處在盛夏風不吹拂，草不擺頭的鬱熱下午。車廂裡，飄遊的視線寧可投向一站奔過一站的站名跑馬燈，遞往陌生人，斂在斑駁地面，也絕不兜到對方身上，好像怕誰先洩漏一縷情緒的波動就是俯首認輸了。那片不織布口罩是一道邊界，擋阻的，從來不只是病毒。

像淺寐的一場混夢後，K乍醒，錯愕都已是這個時候了。他說就像迷惘於自己身在何處，彷彿一年以來所有遇見皆如海市蜃樓般，似真，又假。

我也醒來，從深邃如海的闇墨羊水裡。

我從一個熟悉的地方出走，離開一些相交淡如清水的人，揮別二十年來反覆按表操課而爛熟的工作，並非現正進行式的大疫所逼，但真是優柔心理淤積多年的沉痾使然。有些改變是無奈之戕，於我，是蛻蛹。在要嘛低空飛過，要不折翼墜落的亂流時刻，諸多可能都遭裁限停頓的昏昧幽冥之中，我毅然（大約也是年紀抵達一個焦慮關卡的刺激）跨向未可知的探徑，但比起懦弱龜縮，我想我更願意也需要做一次不聰明的人。若我到底不是一隻紋色斑斕的美麗蝴蝶，至少沒有忘記飛翔的能力。

一年的黃昏向晚，卻是疫年的日正當中。

雖然仍會怨詛，但還是得面對被搗亂的種種改變。然而，改變的到底是什麼呢？是隨身攜帶的口罩已如臉上一層撕不掉的皮膚，出入公共場所都要實名制、量額溫與酒精洗手，不能隨心所欲訂好機票就出國旅行，訂閱的YT頻道列表多了中央流行疫情指揮中心，並開啟直播通知小鈴鐺，各類銳減的朋友聚會，窩在房間裡不斷刷新網上追劇的時數紀錄，或是在家工作、線上會議，拱手不握手的社交距離？「應該是心態吧。只有不拒絕妥協或調整，日子才能夠繼續。」K說。

忘了從何時起，但肯定還沒個斷崖的變化始終在變化中，而的確那些被迫適應了的諸多可惜，不再被自己意識為可惜；防疫新生活運動必須的衛生習慣，養成了素日裡自然而然的動作。那我想，應該就是如同K所說的吧。

事到如今，卑微地，祈盼不更壞便是好了。

一些生命脆弱殞去之際，一些生命持續撐張莫大韌度。在一切如電力耗竭，緩慢牛步的世界，生之膽顫，死之草率，交互急切運轉，似在忙著清除什麼穢污般，又像一場兩小時就演到結局的電影人生，可以目不轉睛，但沒餘裕去好好咀嚼，深深嘆息。起初，新聞畫面上搭配悚然背景音樂跳增的數字，是多少人變成病毒的居室，又有多少人被病毒一筆勾消。那不眠不休滾動的數字，如一串接一串愈編愈長的髮辮，明明知道那纏結了無數生者的慟失，無法安詳送別的遺憾，天天看在眼裡竟也暈成一團無能為力的迷糊帳而不再心酸掛意，不再怵目驚怖。過於巨大的悲傷使人麻痺，憐憫也是。

過去的一年不易。

島外形勢嚴峻如烈焰煉獄，島內只在危崖邊步步戰慄，就不說幸運了，但其實是多麼堅強才稍稍維繫了那或許如夢幻泡影，如霧亦如電的安全。然而雞卵密密也有縫，眼下，不斷變種的病毒不肯罷休，持續在世界每一處點燃熊熊烽火，飢餓掠食著呼吸的自由。本來，在我們的島，幾度驚險，皆化險為夷，豈料，一絲分了心的鬆懈，賊般的疫情就趁隙而入，鬼祟尾隨沒有覺察的足跡，在城市街巷、在你我之間大搖大擺地遊蕩起來……

此際，前途艱厄依然，恬靜渺茫。而其實，即使沒有猖狂的疫病，生命如潮汐來回，波瀾翻湧，又有哪一刻是平靜如鏡湖上一枚圓滿的銀色月亮？

那，新的一年就先不祝福快樂了。

願我們不慌不亂，始終信念，一直堅強。

疫年平安。

游牧的螞蟻

夏天還是腳抬一半的猶豫姿勢，蟬的初啼已醒，乍然，短促但響亮，像在為即將開場的演出麥克風試音。晝裡燠熱，夜來驟涼，像是一種突襲，本來洗澡已降至夏日的水溫，又得往初秋靠攏些。

每年此時，我是一顆糖果，被隨便棄之哪裡都可能的，融化中的糖果。我飽滿散逸的甜膩，彷彿誘惑飢餓的春天消息，蟻族成群結隊出發，開始在我身上游牧，沒有固定路線，神出鬼沒，任何區域都可能是駐紮的據點。凡爬過必撓出痕跡，牠們隨心所欲地趴趴走，我的指尖不由自主愛相隨。

鎖骨或臂膀，胸口或肚腹，最遠的距離可至小腿以下，踝骨以上。我們一起耙犁過的肉壤，禿禿的，寸草不生，一塊一塊凸隆的丘疹看起來那樣頹靡荒涼，像是無人照料的無名塚。最令我幾近抓狂的地段非手肘區莫屬，那兒麻糬般軟綿軟綿，是一副皮囊從頭到腳最不合身之處，如裁縫師精心作品的敗筆。沒有著力點，狙擊目標像賽車在彎道飄移，粗蠻或巧勁，爪牙搔得再賣力就是還差一點，那一點，難受至極了，自戕似的拿肘摩牆擦壁，換得一時舒坦，卻赫見那兒已匍匐幾尾相偎依的紅泥鰍。

癢，像是一則流傳已久，來自神祕幽冥的古老詛咒。醫生束手，投藥罔效，不發作則已，一騷動起來就巴不得自己是一條可以蛻皮的蛇。

近幾年，我的癢，就像花該開葉該落，總是在身體的上中下游準時發生。它不算典型溽暑汗出不順的夏季癢，而是暮春不明不白的曖昧之癢。它是濫情的小螞蟻，恣意遛達爬呀爬，處處留情，絲毫不在乎自己搖扭著屁股經過之後我獨嘗的情傷。

我懷疑，是體質異變的關係。

飲食習慣上，偏好生冷，尤其嗜冰，加上我向來牙不酸頭不疼，於是毫無節度不忌口。然而，就像再好的青春也禁不起摧殘揮霍（也的確年紀大了一點），我骨子底淤積的濕寒之氣堪比古墓小龍女臥榻的寒玉床了吧。養成如此體質，認真推究，我那遍地怒綻的癢，無非就是名正言順自找的爛桃花了。

約莫二、三天，蟻群們便會拔營繼續跋涉下一個地點，決定何處落腳的時機通常是在夕陽沒盡，我下班回到家，渾身懶酥酥之際。塗藥膏，抹精油，拍乳液，治標不治本，偶爾有效鎮定，多數無用武之地。肚子餓了用食物安慰，鼻子過敏了用噴嚏發洩，皮癢了只好舞動指甲給個痛快。蟻們一畝一畝鋤，我一寸一寸刨，有時之恨啊，也就之狠，以為是在滅蟻，其實是在自己的身體刺紋世界地圖般，不斷拓展爪跡。

一年一會，這時期，每晚，我反覆變身一顆香腐的糖果——螞蟻們遊走，領著我來來回回親手翻土播種，待牠們離開，好留給我一粒粒熟成結痂的紅豆，聊以相思。

耳洞

手機鬧鈴如常清晨六點三十分作響，一樣半死不活癱賴磨蹭著，一樣不甘不願蓬著一頭亂髮起床，準備上班，那天不一樣的是，盥洗前，我摸出抽屜裡細長的竹耳扒，掏起隱約的塞感。

人沒醒透，乏勁懶憊，要靠上書桌邊緣的肘，惺忪間失了準，身體一個顛簸撲空，竹枝像支金屬鑽尾深捅入耳。那瞬間，澈底刺醒我的，不是疼痛，是驚恐。會不會就聾了的念頭像一輛在雨中公路打滑失速的車子，在腦袋裡橫衝直撞。顧不得是否如刀刃戳進臟器時不能隨便抽拔，我以為的膝反射動作，其實是駭愕失措地將之一把扯出。我怔盯著扔擲在地上的「凶器」，無穢無血，乾淨得就像什麼都沒發生過。

那當口，耳內已似遇襲而緊閉的蚌殼，悶且腫脹，我卻僥倖心態，捨醫院而去普通耳鼻喉科診所，以為那樣就避免了憂患裡最糟的可能。雖然已模糊自己是否避重就輕了？但醫生的確也沒在我的陳述與檢查後宣判什麼，僅一般藥物療程，讓我耐心等待痊癒。我一膽怯，就變鼠輩，不顧一切能逃多遠就跑多遠。明明聽覺失衡，像一組右聲道壞掉的喇叭，我雖心有惶疑，卻寧願相信慢慢會好起來的。後來耳況真的解了緊繃，聽覺的不平均依然，但並不困擾日常，也就任由這麼著罷。我畢竟沒有饒恕肇禍的耳扒，忿懣情緒，偶爾溢堤，某次，它就在我手中腰折斷魂，棄屍垃圾桶，快意復仇。

鴕鳥久了，便以為一切無罣無礙，就像有些疙瘩蒙上塵就不存在般，傷敷完藥就沒後遺症了一樣。屈指數算，八年了，事故那刻，猛「兜」一聲的刺穿感，仍鮮烈得讓我哆嗦瑟縮。不平等的聽力，說不上痛苦吃力，頂多就是耳機聽歌時候一側堵緊點，一邊脫鬆些的小麻煩，總算也達至一種微妙平衡。儘管那是人為操控的錯覺，但凡瞞騙得過心理大概就沒什麼難的了。

驚蟄後，耳朵再度窒息了。幾乎是毫無預警地，至少我在回憶中怎樣搜尋都無法定址觸發點。

那早，悶脹感復發、癢癢淌出黃色分泌物，另有踩著碎玻璃的腳步聲一路不停踩進耳徑。讓害怕的魔爪攫獲前，已先奔大醫院求治，診後，慢性中耳炎是病源，泰利必妥點耳液是療方。翌午，滴完藥水，耳內卻如置入一顆不斷充氣膨脹的皮球，擠壓得我頭疼欲裂，急回診，原來是陳年耳垢汲飽了藥液所致。清除阻道石粒，額間亮晃著頭燈的醫生L又撥弄觀察一陣，他眉尖一蹙，「欸？耳膜百分之八十都破了，面積太大，沒辦法自己長回來了……」最初缺乏勇氣面對的恐懼驟然驗證，我第一次體嘗到何謂茫然，騎車回家，竟一時迷惘了再熟悉不過的路線。

那窩藏了很久的洞，被不再膽敢自掘的垢塊嚴密保護，多年來，無論沐浴洗澡、受寒感冒或弄潮戲水都安然無恙，未曾遭細菌入侵感染過，難怪L叮囑別動不動棉花棒清耳道外，還洗刷冤名似地嘀咕耳屎其實是好東西。我陡然想起，前些日子就愛在晚澡後捏著棉花棒舒舒服服轉呀轉地，蘸乾耳裡薄積的濕意。

該來的躲不掉，簡直是報應了。啞謎般難解的耳鳴，像是在懲罰我當初沒完全失聰便假裝毫髮無損，懦夫的拖延態度。鼓膜成型手術三個月後，取自體組織造的膜長全了，用L的說法是：長得很漂亮哦。聽力重拾水平，而鳴音二十四小時拔尖或低嘶，涓流或窸窣，強或弱，猶在。何時才能擺脫？L沒閃爍其詞，但也沒肯定答覆，只是在他口罩上的眉目間，我瞥見一抹輕淺的納悶。

我唯有再次選擇相信，慢慢都會好的。日復日，我反覆循環播放舒緩的環境音效、也以岌岌可危的心平氣和與之頡頏對抗，冷靜與躁鬱之間，我有時守得城池，偶爾落水遇溺。一夜，眠失蹤，噪訊嚶嚶不歇——再也不會消停了嗎？闃黑中，沮喪淹漫，我想哭泣，焦慮卻相偕恐慌搶先痙攣起來。

洞補好了，洞口卻還記得穿嘯的風聲，那未息的風銳利，偶然颳得強勁，我渾身意識著不完整的破敗——彷彿洞，依然洞開。

深夜病房

雖然只是小手術，但人生第一次進手術室，我仍認真思考起是不是該擬份遺書？純屬傻氣的焦慮心情，幾番起伏，暗嘲自己荒謬可笑，也就不了了之。

手術前一天，辦理住院登記，嬌小的護士，親切問候，填錄個人基本資料時，關懷病由，那眼神太暖軟懇切，明知不需要，我還是忍不住眼眶溫溫，掏心掏肺，細說從頭。

三人一室的健保病房，其餘兩床始終空著，窗玻璃上乾掉的水漬印如霧霾，午後的陽光像浸入溪水般糊糊的。晚餐時刻，向護理站報備一聲便下樓覓食。為了緩解緊張，也以免消化不良，與陪病的K臨時決定回家晚餐。

很儀式感地將外帶的餚饌，裝盤入碗，再佐以素喜的日本電視頻道，吃沒幾口，手機響起，那陌生號碼來自中午的護士，因為她只剩十五分鐘交班，請我先上樓補簽稍早遺漏的自費麻醉同意書。自然，我是趕不及了，當她一聽我擅自返家，柔嗓瞬間尖聲，我也才知道一旦繫上列著身分識別條碼的手腕帶，只要離院就必須請假。就像學生不能隨意翹課，工作不能隨便翹班。

夜幕掩落，病房的窗如黑鏡，反映一盞微光下的我與K，像一顆安靜的長鏡頭那般深邃。

沒有宵夜習慣，午夜過後不能飲食的規限倒也沒什麼影響，本以為腹囊空空很好眠，實卻不然。沒有認床，不是枕扁，而是粉橙的薄被與床包作祟。熄了燈，躺平，倦意悄襲，朦朧間，一絲癢意從足踝搔起，然後就像一滴接著一滴墜地的雨濺開的水花，那癢啊，在我遍身上下肆虐，頸胸肘、腰膝腿，無一倖免，最後甚至連頭皮都遭殃。我像是一座俯臥的山丘，醒來的蟎蟲，沿著稜線漫遊，彷彿忘情於風光無限好。

這兒抓抓，那兒撓撓，蟎蟲驅散了睏蟲，愈睡愈清醒。一旁狹隘陪病床上的

K，鼾息淺淺，偶爾輾轉，想來也是睡得不太安適。

房裡黯得夠深，月光澆下來的明亮銀色格外清澈。

門廊外，有留心放輕的腳步窸窣、機具節奏穩定的壓縮運作聲，也有床前大片遮簾在軌道上的滑動、雙手在提袋裡遍尋不著什麼的左翻右掀，隔牆人語滲漏過來，不清晰，但能辨明那滄桑聲線是一對老夫妻……醫院的夜晚，總有人是無眠的吧。而我失眠，恍然又惶疑起，會不會在手術台上被麻醉之後便永遠地睡去？

我懊惱自己，怎麼輕易就放棄先寫好遺書的念頭？

其實猶未太遲，點開手機，我急欲記下些什麼。螢幕藍光照亮的臉容投映窗面，像一隻青面鬼。腦子裡明明縈繞了很多事，但臨要化成字，卻全都變得雞毛蒜皮，若真留成遺書，不是廢話，也像笑話。那一刻我思忖，或許自己的夢想願望或任何未完成的，一離開了內心的秤，對於他人就如鴻毛，沒有重量。而如果對某些人或某個人的愛字在平常日子裡，已是深莽野林裡的雲豹蹤跡般無聲無影，徒然的一行字會比親口一聲更珍貴難得？

我也不確定究竟有沒有真的睡著過，當護士在手臂靜脈扎定吊點滴的針時，我撐開凝重酸澀的眼皮縫隙，瞥見了窗外一抹微微泛白，灰撲撲的，猶如我昏昧的意識。

終於，我什麼也沒寫。

下午二時，被推入手術室之際，我只是祈盼著手術順利，別讓親愛的K等太久了。

陪我一段

學步時候的事了。

就是一點先天性的倒楣，再加上醫師一次後患無窮的慘烈誤判，造就我一雙腿一輩子失衡的局面。

我的右腳與土地的關係若即若離，怎樣都不及左腳的親暱契合。路走著，長短之間，像搭乘輕浪裡的一葉孤舟，起伏，不顛，只是一點晃。

每當有人關心，或好奇問起了，我一貫輕描淡寫一句，「誤遇庸醫」或「矯枉過正」八個字解釋一切。

那既是給對方，也是給自己。

*

高中二年級的夏天。

同學S慫恿鼓動一塊參加救國團暑期在墾丁的活動營隊。原本，我意興闌珊。但也許是S識途老馬天花亂墜的吹噓，可能真的想要顛覆一成不變的假期模式……反正不知什麼鬼迷了心竅，我終究首肯。

七月。彷若秋涼的朗朗晨風，伴隨我們一行四人搭上莒光號列車，踏上旅程。

漫漫南行長途中，車窗外奔逝的景片如織，我們在車廂裡肆無忌憚，完全屬於青春的，笑鬧。

一出高雄車站，幾個相貌在當時我眼裡看來堪稱猙獰，口嚼赤辣檳榔的運將，蜂擁而上，死纏活賴遊說包一輛計程車前往恆春。

從火車站到公車站，那樣的糾纏，像被沾嚐蜜甜的蒼蠅嗡嗡刁煩，揮之不去。更令人為之白目的是，叫賣便當的歐巴桑竟也串成陣線聯盟地窮攪和起來，一旁幫腔，疲勞轟炸。

我們最後畢竟屈服投降。挑選個膚色黧深，看起來憨樸，被烈陽晒烤成「黑炭」模樣的中年司機。

*

馬不停蹄辦妥報到及分組手續後，我們加入康樂輔導員率領的唱遊活動中。行程算是展開了。

當晚，表演節目熱鬧的迎新晚會告一段落後，還沒能喘口氣，「出火夜遊」緊接著登場。

「出火」是一處有天然氣由草地釋出的觀覽據點。

臨行前，輔導員分發每人一顆雞蛋，一片錫箔紙，旨在屆時可以蒸蛋。

三公里的路，還沒啟程，我已經膽戰心驚，深恐半途不支倒地。可是，團隊活動豈會予以優待條件（而竟然也沒有任何一名營隊的輔導員嘗試了解我的狀況）？雖然我一直巴望著能倖免這段路。

那瞬間，一股後悔，自找麻煩的情緒，漣漪般漾擴一圈又一圈。是否，我太不自量力，太枉顧自己的身體現實了？

繁星璀璨的穹蒼下，我揮汗如雨，咬緊牙關，隨著長長的隊伍行進著。缺氧似的，我大口大口吸吞蜿蜒山徑中芬多精瀰漫的薄荷口味空氣，天真以為大量的氧氣或許可以稍緩疲累的速度。

一世紀般悠悠的六十分鐘悄逝，延展前方的路仍迢迢無止境。眾人疲渴的身體狀況，致使怨聲載道，領隊一逕以加油二字應付。我汗流浹背，唇乾舌燥，體內奔騰的血液滾燙幾逼沸點。每跨一步，我都錯以為自己將即刻肢斷體解。

兩條腿，走到幾乎麻木，似乎已不屬於自己身體的一部分。可是，理智告訴我，路終究得走，總有行盡水窮處的時候。我不斷提醒自己，「你能走到的，不遠了，不遠了……」

一度，心中默念已嫌薄弱，索性，喃喃呢語出聲。我的視線完全凝鎖坎坷的碎礫路面，那與高空彈跳時，目光避免往下方看的道理，異曲同工。倘若抬頭，我的堅持會因那望不盡的路而狠狠打上好幾個折扣。

漸漸，簡直要意識渙散，不得不放緩逞強的步伐了。

我舉步維艱，每一步皆是重，遠遠落於大隊尾末。軟軟柔柔的晚風，拂觸肌膚，也燒成白日焚風。

同學們發現我的脫隊，趕緊也離隊到我身邊陪著。他們憂心忡忡，頻頻探詢是否能夠再走？要不要知會領隊？

我卻一一回絕，強顏歡笑說沒關係。許是傲骨，許是怯懦，總之我並不願成為領隊掛慮的負擔。甚至於，一個累贅。

同學伴著我那一段長長的蝸行。他們一直在耳畔勉力談笑，又不時像順口提及般，說些激勵之語。他們的用心良苦，我點滴心頭。但，我選擇讓一切盡在不言中。因為我明白，走到終點才是我們想要的。

可能是不忍，可能自責當初說動我來參加營隊的愧疚，幾度，S嚷著要背我。然而我怎堪忍心讓也同樣疲憊的他承受自己的重量。我心領了。但，幾乎受不住的我，還是自私輪流借用了身邊每個人的臂膀支撐。

*

皇天不負苦心人，終於抵達了。

流失過量水分，大夥爭先恐後搶買那兒唯一流動攤販的冷飲。灌下一罐運動飲料後，神奇地，鬧旱荒的體內，如逢甘霖，甦活許多許多。渾身乾萎的細胞彷彿都復活。

蒸蛋處，位於公路旁凹陷約莫兩公尺的一片寬廣草原上。

沒有路燈或任何照明設備，只有幽幽月光、爍爍星芒和幾把火炬。我繃至極點的身體，頓時得以鬆懈，穩當當呈大字型仰躺草地上。

那一刻，沒有徵兆，毫無預警，我壓根沒有控制能力，滾燙熱淚就那麼豆大豆大地直直跌落，又兇又急（一如宮崎駿動畫裡的主角悲泣時的那種）。那淚水是多麼多麼的飽滿碩大，我幾乎可以感覺其沉甸甸的重量。

沒有難過，沒有酸楚，更沒有悲憤，純粹的，只是流淚。

我知道自己不是哭泣，無以名狀，就是流淚。那麼乾脆與俐落。沒有一絲情緒的雜質。

沒有清晰光線，不怕同伴發現，也就沒有意思去抹拭頰上的狼藉。

像是一陣西北雨灑過乾涸的溪谷，淚止了，就怎樣也擠不出一滴了。我無心落淚的，但就是潸潸婆娑。

因為咬牙堅持的感動，因為自我欽佩使然？當下的我沒任何一點確定。

我脫口告訴同學們關於剛剛不明就裡的淚濤洶湧。他們聽了，怔忡半晌後，S掛著朵微笑對我說，「那是一種痛快罷。完成的痛快。」

我心裡想，是呀，如果痛快是這段夜遊的一番體驗，一層意義，至少也不算無謂的折磨，或徒勞了。

後來，朋友向領隊說明我的不支，回程便搭乘輔導員的小發財貨車回宿舍。營隊的頭一夜，雖然受盡體能上的折騰，我們四人仍在房內暢聊好久。夜深深到露重。

入睡前，我記得自己恍恍惚惚想著：這個假期，的的確確有所不同了……

南下月台

再五分鐘，列車就要進站了。

幼年牙牙學步時，易摔，每每號啕不止，到醫院檢查何以如此卻誤遇庸醫，我右踝的一點小症狀被矯枉過正成永久性的骨骼傷害。以後的日子裡，我嫌拐杖麻煩，行走時，左腳都只好半屈膝地配合搆不著地的右腳。姿態是特異了點，但頂多一些少見多怪的視線跟隨。我到底不願隨身一雙拐杖累贅。

星期六。剛過午，金烏灼度正熾。

我沁著薄汗，略有不耐地佇候南下車次。即便右腳懸空，我照樣穩當當金雞獨立在高鐵月台上。好像功底深厚的俠客，氣沉丹田，如僧入定。

我察覺，來回巡邏的警衛迂迴地愈靠愈近，終於幾步路外踟躕不去，顯然有話。既然那廂按兵未動，我這廂便也暫時不動聲色。在狀況幾乎發生僵持嫌疑之際，他畢竟率先有所表示了。

他一臉明顯天生的憨愣氣（就像臺語形容的孝呆），笑起來時，裸露過多的齦肉，凌亂參差的黃板牙，絲毫不羞赧於示人：「你要不要坐下來？」伸直的手臂指向旁邊一排空著的銀白座椅。「不用，沒關係，一下子而已。」揮擺著手，我用溫煦的微笑感謝他的好意。

他點著頭，像是不勉強卻又似乎意有未竟地沉吟著，半晌，他不期然蹦出了一句：「你……你都這樣子生活喔？」

「……對啊。」雖不覺得唐突冒犯，我仍是些許尷尬地把微笑的嘴角撐得更開一些。說不上揉和他神情裡的詫訝與敬佩，也可能是惋惜或同情……哪種成分比例高一點，我猜他腦海裡大概是閃過了「人活著可真的是不容易呵」諸如此類的念頭罷。但，誰知道呢，或許他其實不過為了自己沒有被接納的善意而感到失望罷了。

頷頷首，始終沒有斂收笑容的他，踏起微微顛晃的步態，繼續執行長長月台上巡視的勤務去了。

到底沒有什麼礙事的。只不過，在列車即將進站的半分間，方才他那不假修飾的模樣，率真直性的幾句話，卻讓一點輕淡的、軟暖的什麼觸上了心尖。

身後

一場典型熱帶午後雷陣雨剛氣勢洶洶而過，天際撒開的閃電像一張用光編織的大網，滿是孔隙，捕不住滾墜的烏雲。甩潑般的驟雨，來去疾疾，潮濕的空氣中，混雜著泥草地、棕櫚樹、瀝青路和鐵皮遮雨棚蒸騰的鮮猛氣味。那是他從小到大再熟悉不過的「家鄉味」。

三十五度高溫，野蠻地從屋外竄入屋內，母親就算坐在電視前不動，也要邊喊著熱啊，邊揩拭額眉間與沿著臉頰瀑淌的汗水。才五月初，熱浪已籠罩整個南洋和半島。下午過三點，熾陽像又被添了柴薪，燒得更旺。他們母子倆熬不住窄仄廚房的西晒威力，逃到客廳處理晚餐的食材。

電扇擺動抖顫的脖子，呼呼擴送著沉悶的風。

「你二舅說走就走，以為只是發燒頭暈，哪知道去醫院的路上就沒了。」剝著蒜頭的母親忽慨起去年十月猝逝的親弟。訊息傳來當時，他在正緩緩告別炎夏的臺北，空調還冷的辦公室裡。

離開時，二舅已年屆七十，但不變的是一輩子停留在七、八歲的智力。他總想，皮囊鬆疲的二舅其實從來未曾老去罷。在長大的山村，二舅總是日正當中遊蕩到日暮西下。鎮日裡，並非一路漫無目的的晃悠，二舅揀感興趣的玩意兒，清掃無用的廢棄物，回收資源賺點涼水錢，數十載不改，比機器還牢靠。二舅把整座村子當作了家，無一不互識的村民都是家人。

二舅倒下送醫那天，一直是獨身的三舅遲了一步，只能對著安睡般的哥哥嚎一句，「你怎麼就丟下我一個人！」二舅的確只帶走了自己。遺在房內的是囤積了五十多年搜羅的雜什，照料二舅大半生的母親還在不同角落的罅隙間發現捲成一管一管，面額一元令吉（馬來西亞貨幣）的紙鈔，數額甚鉅。他又想，二舅那些豐厚積攢，單純是習癖，或曾有什麼願望在心底醞釀？

火化的骨灰，最後決定撒入位在佛寺近處的溪裡。除了二舅自小就愛溪畔戲水，母親也說這樣，不喜歡關在屋子裡的二舅才能夠繼續到處漫遊。他忍不住問，「以後……妳想和外公、外婆一起安置在同一間佛寺嗎？」有些話，沒有太早只有太遲，也是一路從念書到工作都在外地，而今更已定居異國的他必須親耳聽見的。母親理理散落的蒜屑，像早有主意，又似隨口應付，「都好。就算是撒到溪裡海裡，還是土裡都好，你們兄姊弟幾個不麻煩就好。」

晚飯後，他陪母親散步。

母親望向落日的天光餘燼，「哇，你看看天空紅通通的，明天一定還是很熱。」巷口草場上踢球的鄰區孩童們終於甘心回家，逐黯的晚色染遍周遭的樹叢與椰林。「想想，撒在樹下也不錯。」母親雙手交疊背後，喃喃地。

他跟隨那看著似乎更佝僂了些的身影，慢慢走，不趕不急，一心念著，在盡頭以前，能把這段同行的路走得更長，再長一點。

時差

在房裡吃完外帶的晚餐，進廚房扔棄殘羹時，又聽見父親拔高的聲量。聽不清內容，但顯然與母親有所爭執。

家裡多是安靜的，於是一點點粗聲都十分刺耳。

這陣子，父親的情緒起伏幅度愈見極端。脾氣的癥結，大抵是被母親碎碎叨念而倍感受到了誤解委屈。

視力弱，聽力差，年邁的父親，日常其實多數浸在一圈「隔膜」中。常常，無論在廚房、在客廳，我與他共處一室，只要動作不大，他不是不知不覺，就是後知後覺原來我也在那裡。

前些天，父親在堆納許多家中雜物的小儲藏間裡，拉抽屜、翻箱匣，乒乓一陣，只著四角褲的他，冒一額汗，雙手捧著一大疊信件有點慌地進我房裡，直嚷歹勢把我綑紮得好好的舊信都搗亂了，本欲問是不是要找什麼，他自己卻先喃喃自語：「奇怪，我揣無頭一擺陪你領獎的報紙矣……」

我心裡一悚，怎麼無端端會想去找那則我高中時期參加報社徵文得獎的陳年舊聞？而其實剪報一直都是我自己另外仔細收藏著。

看著父親恍恍落落的神狀，那霎時，我突然感到明顯的時差，彷彿我們並不在同一個時空。

輯三

浮世斑斕

雲想

我喜歡看雲。

是怪癖是習慣，或者，其實是同一件事。

有時候，雲朵的邊廓鬆了一道瑩白的亮光漆，於是素顏搽了胭脂，佛披金袈，雲容也生出了教人間眷望的豔色。這也才幡然，不在此刻亦不在從前，一直以來，哪管黎明清朗，遲暮哀愁，年華新新舊舊，繁華枯枯榮榮，浮雲自有一番豐盈衰微的層次更迭。那麼桀驁不馴的，從來不識秩序為何物。

雲朵是天空無遠弗屆的想像力，它注定的花心薄倖，棲不住天空，如我那總是挽不住的靈光一閃。就像雲塊將凝塑成形之際，可能一隻野馬，也許一朵小花，怎料哪裡神出鬼沒一陣頑皮的風，輕吹一口，全就化了灰燼。

路上抬頭望，高低樓宇切割痕路凌亂的天際線，明明是城市的野蠻妄為，還自以為是創意的筆觸，偶然一道慢動作放映拖曳的飛機雲，或許還分外溫柔些。我猜，雲朵最喜歡的應該是山上的高樹，因為那片盎然的蓊綠是它們一向恣意玩耍，翻滾的大草原。

生活從來是粗糙材質，不經擠壓碾揉就沒有細緻柔軟的時刻。看雲，我可以持續不懈摩挲想像，猶若二十四小時的生產線，產件優劣沒有規格標準，邏輯套模亦不需要太嚴謹，只是盡興暢意就好。就好。

雲落淚，是扭傷的腳踝寸步難行的疼痛；雲積聚，像城裡某處的悲喜劇正鬧得高潮迭起；雲四散，就如那群放學的小童崽們，巷口分手，各自回家……常常，我就習慣這麼著——支杵在窗邊上發愣痴想（不知是否有鄰居把我當成某種偷窺狂？）。插翅的魂遊，無拘無束得簡直任性不羈，哪管日子是立春夏至、秋分冬至，生活可以天天隨心所欲。

我喜歡看雲。

看著，想著，揣摩著……有時候，彷彿我也是一朵雲。

午後的畫廊讀遊

那是疫情嚴峻，警戒升級之前的某天下午。

相信藝術無所不在，那麼畫廊的新厝選擇安身於內湖傳統工業聚落中，似乎也就不足為奇，甚至理所當然了。

不太深的巷，像個沒心機的直腸子，一望見底。車過有時，行人偶爾，一點騷動，不絡繹，自然絕緣了喧囂。

幾步路，先遇見木柵欄框起的「自由小花園」，占幅不大，歇腿小憩剛好。園前有一株矗立的女貞樹，園內一隅是斜倚的垂柳女貞，圓形鐵座中間，陶作的少女首像，是藝術家本人一比一的塑形，藉了水的循環，她一雙彷彿空洞的眼眶潺湲著淚，忍不住，自以為浪漫地穿鑿附會——那淌不止的淚，是為了女貞傳說中遺憾的愛情故事而流的罷。

立面闊長的建築體，身漆鴿灰，就像一艘定錨四十載的大船。歲月過去，難免斑駁，但憑一番心意，風霜的，就成了素樸的氣韻。能修飾的，不過是衣裝，不變的，是它最初的本質。這樣老舊的鐵廠倉庫，經歷的種種，不在字句裡，不在笑談中，稍留一絲心，便會發現其實都存附在一磚一瓦、一縫一隙的紋痕皺褶之間。

特別訂製的大片穀倉門後是類似玄關的方塊地，那是一種溫柔的貼心，讓進來的人先把一身的風塵僕僕在這裡撢乾淨。

時光長什麼款，物換星移，人面桃花，或許唯有老物能具象某種形貌輪廓。「奇珍藝寶大廳」盡處，傍牆擺置蒐羅自各地稀品的收藏櫃，以早期教堂「寶物室」、後來的博物館到現代藝廊（Gallery）的演進脈絡為概念而生。從起點臺南、南港再到內湖現址，它一路跟著南北遷徙，八個年頭，逐漸豐滿多樣的物件內容，側錄下時間躡躡的腳步之外，無疑也已是時間本身了。

大廳中，鏡頭稍稍收斂，那座以書櫃為題，採花蓮大理石工廠的黃檜梁柱為體、裁切屋頂鐵皮片為冊的藝術作品，無法忽略地震懾視線，而擱在書本空隙間，由廢棄中救援回來的石雕——振翅的、靜佇的鷹，彷若在細述著當地大理石產業過去的盛旺，如今的衰寂。

一旁整片落地玻璃前，有隻鹿，犄角張揚，純白肌理滲露屑斑點點，凝注的姿態，像是被遠方的什麼吸引了。「九色鹿」是祂的名字，典出恩將仇報的佛教故事中，神祇的化身。在祂背後牆面倒懸的木釘三角形，是藏傳佛教裡稱作「法緣」的符號，意指神明修行的地方，邊上棲息的幾隻鷹隼，象徵著幻化的天神。而藝術一途，創作或經營，踏上了，多少甘苦哀樂，冷暖自嘗，其實不也是一種於心志、於筋骨的修行麼。縱然戲謔，想想，還真是教人無以辯駁。

挑高足有四點七米的「白色空間」，是畫廊的主策展區域。髹白之地，無垢無菌，就像個無邪的懷抱，盡其所能敞擁藝術創作者們林林總總，無可預料的主意，桀敖不馴的實踐。往地下室探去，對應於主展間的「灰色空間」不到二十坪，運用上，是一種延伸的功能，但我覺得它也像一個祕密盒子，可以悄悄窩藏所有最柔軟、不願輕易顯露的幽微心事。

若地底的祕密是會萌芽的植物，那該是如藤蔓長長地蜿蜒，通往神祕之境。從「藝想天開樓梯間」拾級而上，就像攀爬傑克的魔豆，與童話不同的是，沿途或吊掛或擺飾的風景，彷如家族相簿般，都是畫廊代理珍納的各國藝術家作品。稠濃色塊，軟靡光暈，絨簾幽深，一次轉彎可能朦朧欲眩，一個反身也許豁然清醒，奇幻寫實，一步一階，在在揭示著畫廊始終不算甜美可人，但個性鮮明獨具的風格。

隧道盡頭透著光，階梯盡處亦有光。抵達天台，肯定不是巨人國，但或許會遇見義大利輕騎兵少校安傑洛。

「頂樓屋外空間」，四面開闊，遠有高廈，鄰近矮樓，環圍其中，如島。無遮無掩的露天區塊，沒有閒墟著浪費，一場為期一年的展覽，正在這開放性的舞台上演。

「屋頂上的騎兵」取自法國作家尚．吉歐諾（Jean Giono）系列小說的第二部，同時也回應二〇二〇迄今，猶未平息的肺炎之年。文本情節講述一名少校革命失利，遭到敵兵追殺，逃亡途中又遇逢霍亂肆虐，混亂間，陰錯陽差，他被大批鎮民誤指瘟疫帶原者而討伐，一時無路可退，只好匆忙躲上屋頂。就像讀小說時，必須一頁一頁、一章一章，往下翻閱，此展的內容，並不一次齊備，而是一件一件，一批一批，分別曝光。像是不疾不徐、慢條斯理，要你拭目以待。話說回頭，小說就是要耐心讀到最後一頁，才得以窺見故事的整體真貌。

昨日的雨散去，徒留今天的灰藍，空氣帶霧。

東遊西逛在藝術家李承亮的《月球太空計畫》、蕭有志的《自由小屋》、陳聖文的《十米外的自由》之間，怎麼走，不必路線順序，隨心所欲就可以。孤獨的背面是自由，如果每件作品都是一方獨立的屋頂，避難少校跳躍穿梭其間是多麼恣意無拘。走到低低的牆籬邊一探，一座用保麗龍箱、水泥、磚塊、野草與廢棄木板模擬出的微型城市街廓，驟然在土地上立體浮現，那是王煜松的《一層層—丘陵，集散地，漁網，魚貨，鳥，港口》，一恍神，我想，就不用遇見少校安傑洛了，因為我也是少校安傑洛，跟他一樣，在每個藏身的屋頂上，靜靜俯觀著疫城中流竄的倉皇眾生，荒涼生死。

日常不一定很藝術，藝術卻必然醞釀於生活。而生活，總是舊去新來，所以才在新裡念舊。藝術與生活，文化與故事，都是時代的積累，更是時間的往復。日子一天一天的數，而數不完的想像與希望在誕生、掙扎、傾覆又復刻，如此雀躍，如此寂寞，如此絢爛，又如此黯淡，像我這樣看熱鬧比看門道更多一些之輩，私以為，那其實是多麼藝術的過程。

午已向晚，畫廊的走訪暫告一個段落。

畫廊外，前方小徑一叢咸豐草小白花，豐盛得有絲歡騰的慶典感。稍不留神，鬼針草咬了滿褲管。離開前，也才注意到自由小公園旁原來還栽有一簇垂枝茉莉，含羞帶怯，像徘徊不去、白翅翩翩的粉蝶。

疫後，仍是要回去的，除了「屋頂上的騎兵」未完待續，我也還沒親眼一睹晴日限定的一幅畫作。那畫，是午後斜陽將對向公園的高大榕樹，投映成整片建築牆面上簌簌搖曳的枝影，如夢似幻，迷離斑斕。

親愛的老傢伙

有時從舊物的價值才體認了新事的意義，反之亦然，拍照於我，便是如此。

初初與一夥友人瘋拍照，直逼癲的程度，像中了什麼巫術蠱咒。每到週末，我們整裝出發，駕著M老當益壯的二手車，城郊鄉鎮，半山或臨海，遠近跋涉，用相機記景留影。其時雖不確定那樣的遊走拍照，究竟是發洩生活的苦悶，或想為蒼白的青春暈染顏色，但我們無疑是耽溺的。

我的第一台相機是數位單眼，入門款的入手價格，如同十分膠感的輕巧機體，不算負擔，需要計較的只有記憶卡容量與電池續航力。彼時拍照不假思索，視感一如數位平面的冰涼，沒有立體的縱深。若拍照是一個自我與外在的對話過程，那麼我只是一味地想說，無心傾聽。數位單眼的拍攝設定一切便利，唯一變數是我的眼睛與環境條件之間的平衡，或抗衡。便利意味著輕易，即拍即看，賞心悅目的暫存，不中意的垃圾立馬刪淨，不過眨眼功夫，上一秒的新紀錄，下一秒就成了遺忘殆盡的舊廢棄。

數位相機的新鮮感與低操作門檻，貧弱了拍照行為的「作品」意識，每幅畫面力求清晰呈現，忠實反應現場所見細節，美麗與否，但憑運氣就是。我與相機的互動直來直往，不必時刻認真，即便我的態度隨性，它依然可以把持自己的精準原則。而志不在於專業攝影師，對那般淺薄的關係並沒有什麼惋歎，也就缺乏進一步改善的動機與心思。似乎這樣，我與拍照之間就長期友達以上，而戀人未滿了。

應該是注定的緣分，我才會在已然遭到主流淘汰的時代裡，與底片（亦稱作菲林或膠卷）相遇。

初見銀鹽影像的悸動，猶如乍見夜穹劃過一抹碎星、安眠中忽聞奔落的春雷。如果數位是敏銳的神經系統，底片就是噗通跳躍的心臟。數位可以細緻地陳述現實，底片粗糙的顆粒卻有更大的張力容納歧義。透過35mm的菲林，我看見一個何其普通的畫面，竟催化出黑洞引力般的厚度層次。截然不同的溫度、質地與情感稠度，甚至略帶瑕疵的不完美都教我驚豔，儘管熟稔於拍照，仍不由自主地對之產生了另一種嶄新而嚮往的情懷。

父親有一台，也是唯一一台日本製造的P牌底片單眼相機。雖是老機子，錚亮如新的品相表明了聊備一格、極低的運用率。在家裡角落塵封多年，兩顆不同焦段的寶貴鏡頭早已受潮生霉，重出江湖之前，先付了白花花五千鈔票清潔除霉。因為陌生，舊物也成了新玩意。旁的姑且不說，僅僅第一關，開片匣、裝底片，既小心翼翼怕太粗魯扳壞精細零件，又誠惶誠恐擔憂底片排孔沒咬住齒輪，捲軸空轉，導致在路上追逐的繁華景色全淪為一覺醒來就船過水無痕的黃粱夢。

包裹黑色皮革箍銀邊的機身，優雅內斂，掂在手裡沉甸扎實，都不曉得那重的是歲月，抑或自疑沒有能耐將它淋漓盡致發揮的壓力？全機械手動的底片機，從決定拍攝主體，調配光圈快門，算焦距對焦、找光測光，到一格一格轉片軸，每個步驟，無論疾緩，總得耗上點時間，拍照的動作於是顯得特別慎重其事。常常，屏住呼吸，斟酌構圖，穩定水平，瞄準目標，看似一切就緒，也並不保證順利壓下快門鍵——可能凝注時莫名多了一縷思慮，也許疏忽捲妥下一格空白膠卷……而踟躕而錯失某個心動瞬間的最佳時機。重來的，都已非原來。那些來不及拍的，是否比拍下的更值得？我無從確知。然而，但凡懸念的，必不放棄，繼續走在有風景的路上，我總會在觀景窗裡再遇見似曾相識的一些什麼。

用底片拍著拍著，倏忽也逾十載有餘。

父親的老相機不堪操練，在頭幾年內澈底故障退役，永遠地成為象徵舊時光的裝飾品。如今與身邊生於七〇年代的二手相機早也過了磨合期，我們一起這島那陸相伴過許多遠方，它無可避免地添了點新傷，我在生活裡、旅途上快照慢拍的興致如昔。每次快門清脆鏗鏘一聲的同時，停在視窗內的片刻便已舊去，待底片沖掃出來，因視角與預期的落差，出乎意料的奇幻景象、斑斕光影，甚或模糊失焦，竟又彷彿未曾邂逅了。菲林無法完全掌控的特性，像是與一個若即若離的人的曖昧戀情，在朦朧的浪漫中患得患失——有驚喜的亢奮，也不乏想像之外的錯愕與失落。但情不自禁的，如何反覆的折磨都是甜美的呵。

再也回不去，也不想回去。這會兒，不斷推陳出新的數位相機幾乎被攝影功能日益進化的智慧型手機取代了，我卻仍獨獨偏愛那低調穩重的老傢伙。

這個世界總是匆忙，好像稍慢了，文明就要面臨瓦解。但老傢伙故我地，不徐不疾地去解讀每一次的相逢與經過。我眷戀且依賴地跟隨它，悠悠緩緩，與躁鬱的世界保持一點距離，以三十六張底片的餘裕，在一場西北雨、一陣三月南風；一次次的迎面而來、擦身而過中暫佇流連之後，靜靜等待不可預知的，新的詮釋，浮現。

老派的觀看

生活是一條日日往復的軌道，有搖籃般晃悠的慢車，也不乏迅飛如箭的快車，每天，我在月台上候著，不一定等來哪輛列車。一如薛西弗斯推著、我馱著自己的石頭，在日子裡反覆而無限延長的路線上暫憩、出發。我像是鐘擺，以為能在現實中趨近夢想，卻只不過是等距的徘徊。乾漬的汗被新淌的汗水濡濕，去途的景物被歸程的景色銜接，總有些不經意瞬間，我蠢蠢欲動想反身到對向月台，換一條區間的軌徑。

就是所謂的逃避了嗎？可能有那絲意味，但不盡然。

習以為常的事物，就像陰鬱天氣的房間裡，一切失去了光澤，灰澹中，輪廓泯滅，好像一幅建築隔間平面圖，沒有立體縱深，索然無味。就算亟欲離開一種

「陷入」的狀態是一種逃好了，也不過因為意識到麻木的戕害。不識廬山真面目，只緣身在此山中，就像戀愛的人慢慢只執著彼此相待上的輕率疏忽，追夢的人逐漸在挫折下只看見自己的欠缺不足，走開一段距離，保留彈性空間，失焦的視線才可能重新校正出清晰模樣，甚而整體全貌。我以為「走開一點」是種轉圜，一次機會。

說來簡單，多數時候都是身不由己的呀，說走就走，談何容易，然而掙扎或許徒勞，卻是一個希望，總得試試的。適合每個人走出迴圈的方法不一，我不願在原地踏步的慣性中盲目，所以翻開一冊書，透過作者雙眼覽遍世間百態，感受人事炎涼，心念饞了，就計畫一趟脫鉤規律束縛的旅行，去做一個無所事事、旁觀他人日常的旅人。

讀書與旅行，不算什麼新奇的概念，特殊的活動，甚至有點老派，但就像流傳久遠的博深文字一樣，那讓我在每個生活倦怠的暗潮處留駐一點燦亮的銘印。而在我「逆向而行」的戀舊靈魂裡，底片攝影更是無法斷送養分的臍帶。在規格不斷登頂的數位相機、攝錄功能日益強大的蘋果 iPhone 相互爭奪市場占率面積的時代裡，姑且不說底片相機不合時宜，它根本簡約樸素到不可思議。彷彿凝固悠遠歲月裡的一枚琥珀，既沒有一點演化升級的可能條件，體重又沉甸甸的，堅硬得足以充任攻擊武器，如此冥頑之物，我究竟愛它什麼呢？

我想我愛的是，較之文字的使命在於紀錄，底片攝影的意義是讓人學會觀察。懂得靜靜地稍事觀察，就能安心緩一緩，慢下來，留給自己一些咀嚼諸番滋味的餘韻。

如今凡事習慣講求效率與方便，於是一切轉眼即逝。數位或手機拍照很快，瀏覽照片的人滑得更快一籌；拍照只憑直覺判斷，看照就連多投入一分感覺都懶得。什麼都在眨眼之間，就什麼都沒有被仔細看見一遍。

一格底片，從來不只是一格時間的捕捉，而是一個感受揑塑的過程。在嚣嚷白晝，在寂寞夜色，在晴朗雨時，在季節迭轉，在任何尋常無奇時分，角度、遠近、高低乃至於決定光圈大小與揿按快門的時機，觀景窗裡陌生或熟悉的人事物，皆需要被細細斟酌，再次認識。咔嚓！留在菲林上的銀鹽影像，無論好壞，既是已知，也是未知，是不是很像人生呢？而人生逝去的每分每秒無法復刻，所以視窗裡的是現場，照片反應的僅是攝者在那時那刻發現的感動，還有不願錯失的什麼。

生活那麼瑣碎，如此親密，幾無空隙喘息，可是，每每擎起底片相機，略為急躁的性情被梳順服貼，我不單單調校了觀看的方式，守候到預期之外的，也稍稍從偶爾教人疲於應付的日常走開一點。在那小框框的鏡面折映裡，我看過不同於盛夏陽光就愛窗畔那面粉牆，晚秋斜陽偏愛躡躡步入屋內那張手工編織地毯；遇見過不苟言笑的人，等候鏡頭對焦時就在嘴角不慎滲漏了內心的柔軟，而開朗的人卻悄悄顯露暗室裡才敢釋放的淡淡悒色；體會到有時陰翳的浪海比豔陽普照的城市街道更深邃迷離；也覺察了原來有些場景，某些瞬間，只需用眼睛好好凝睇，納進記憶，並不是非要按下快門不可，就如同相見不如懷念，有時，不擁有，才能一直保持不變的美好。

我不否定即拍即看的樂趣與及時彌補修正的必要，但我更傾迷隨機的，甚至常常有失精準的遺憾之美，就像不能被忘卻取代的初戀、磕了一角的細緻瓷碟依然優雅，都是因為美在無法重來。是的，我以為完美的片刻，往往在底片上卻成了無以挽回的扼腕差錯，所以我總是提醒自己，可以再放慢一些，不厭其煩多關注一眼，雖然並非從此每一張底片都遂心如意，卻愈頻繁地識見一朵花綻得正盛，藍天的流雲聚散，明白許多逢遇是剛好，接受有些錯肩是命中注定。

式微也就罷了，近年，底片持續減產或停產，物以稀為貴，其價格愈發高不可攀。思量著負擔能力，或許我只能像隻樹懶地更慢一些，才得以繼續我那一望進觀景窗時便遠遠拋擲煩惱，從現實擾攘走開一點，迷人的老派觀看方式。

那些凝視之下的他者與自我

——看文溫德斯的《薩爾加多的凝視》紀錄片

「有許多次，我看著我的相機，為我雙眼所見而落淚。」

薩爾加多的凝視，究竟凝視了什麼？眾生持續的劫難，地球歲月的嬗遞？從文溫德斯（Wim Wenders）的角度拍攝的紀錄長片，若真如普遍的評論所指，只是溫和地對薩爾加多的攝影美學致意，並未善盡對其作品所揭櫫的深刻畫面提出批判、詰問之任務，那麼此部紀錄片的存在，是文溫德斯的一次敗筆，抑或不過放大了攝影大師純粹的自我耽溺？

一個攝影師在選擇了追逐的題材同時，是否也注定了必須背負的使命（責任）？攝影是個人生命中感動片刻的紀錄，還是壯闊歷史長路上的寫實見證？攝影的虛構與紀實，矯造與創作，永遠懸乎不同觀者一念之間。其感受中光譜兩端的偏激或游移，偉壯或頹潰，總不會也不能是攝影者得以預期與掌握的。

蘇珊・桑塔格（Susan Sontag）在其著作《旁觀他人之痛苦》（*Regarding the Pain of Others*）中對於薩爾加多鏡頭下移民群像的指陳，或許凸顯了攝影師在處理苦難影像上過於簡易的歸納，煽情的便宜行事。但相對的，那些龐然集結的巨大的悲苦，不正也是每個凝視者可以深究卻無法憑一己之力顛覆扭轉的現世。事實上，紀實攝影可能提供的，絕大程度，或者該說效益上，的確僅僅是引起一些「關懷的眼光」去撼動一點同情心理，進而才有絲驅動改變力量的契機。

眼見為憑是引導是誤導，不在於呈現的圖像說了什麼，交代了多少，而是取決拍攝者的誠實與否，觀者的心態格局。拍攝的手法，觀看的方式，都是從本我延伸的自由。兩者之間只有互動，而不是試圖相互僭越。

旁觀自身以外他者的痛苦，甚或死亡，肯定有不捨的惻隱，徒然的憐憫，但其中亦潛伏著誨示的能量。即便無法立竿見影，但一張影像就是一次不容遺忘的恥辱，或榮耀。

對於攝影作品背後意涵，現實及意義的討論，甚至辯論，總是反應了人們在那些畫面之前的無力感，深切而傷感的。每一天每一刻，生活現場一幕幕映現我們眼睛裡的景況並非分秒的留心介意，當然不至於是糟蹋，畢竟還有攝影師時時的思索觀察。

在攝影師的鏡頭前，每一個出現每一個狀態都不會被輕浮的對待，然而卻不一定有複雜的解讀。攝者一瞬間的捕捉往往不會比任何一個可能的觀者曲折。天地之間承載的所有戰害禍亂是一種直接的衝擊，一個四方框裡架構的是對美好與醜惡的直覺。當觀景窗裡彷彿無止盡的淒慘像蔓延的瘟疫，侵噬了薩爾加多本來置身事外的注視，他不想麻木地繼續假裝自己可以凌駕那些刺戳心靈的殘酷，而選擇抽離。

「這是我最後一次旅行，在親眼目睹盧旺達的種種不幸之後。我離開了那裡。對這個世界我已經無所信仰。我不再相信那些所謂的人道救贖。人類不應該像那樣活著，也沒有人值得那樣活著。」

投身戰地的記者／攝影師，他們的悲天憫人終究必須面對世人的冷眼嘲諷。是不是索性就將看見的拍下的通通束之高閣，不公諸於世，也許一切的善良邪惡都可以單純只屬於自己的經驗體悟了？就像所有事件的發生，故事的開端，其動機不外乎皆由個人的那份私我而起。文溫德斯也許避開了敏感尖銳的，對於薩爾加多在專業攝影職涯上，每一幀風格強烈的作品的諸多批評爭議。但，孰又可知他擇定了薩爾加多為亦步亦趨關注的對象，投入大量時間精神的緣由不過就是孺慕其藝術表現，如此而已？

與主體保持對立，是持相機之人必然的角色，必須的距離。偏偏備受議論的衝突癥結點也就在於此。那些後來被現代城市文明社會所消費的主體，被隨意的自由的免費的，所擷取的大量的無名的眾生，饑困的面孔，哀告無門的頹廢，幽微荒涼的一切故事——攝影師，你，可以回饋什麼？

大概沒可能有個討好，或者安撫任何人的答案。但，或許我們可以相信一點。那一點一滴對於世間苦難的紀錄，伊始都是最純淨無雜質的初心。

如同攝影師，紀錄片導演具備發掘個人乃至社會的種種窘頓、病態的眼光，卻不保證同時擁有解決，或謂解救的能力。他們從自身的角度，點出了被忽略的視野，有人掌聲喝采，自然不乏嗤之以鼻。然而，那是我們自己選擇去觀看去體會，當從中發生了任何關於價值的探索，意義的解釋，問題的投射與對話的反向，不應該是被攝者（事件）／場域（物件），而非同樣是觀看者本身嗎？

「我究竟是一隻龜，一棵樹，還是一枚卵石？」

——塞巴斯蒂安・薩爾加多（Sebastião Salgado）

當然，紀錄片真正的核心本質，只有在拍者與主題彼此站在對立面才會煥發奇異的光芒，惑人的神采。在《薩爾加多的凝視》（*The Salt of the Earth*）的整個敘事篇幅裡，文溫德斯退居為聆聽者，詮釋權幾乎落在薩爾加多。若非文溫德斯忠誠的信徒，對於這樣完全「致敬」的歌頌手法，約莫是深不以為然的罷。

讚譽也好，詬病也罷，本片到底是那麼絕美，那麼傷心又那麼生機蓬勃。

菩薩低眉若不是凝觀人世疾苦，那應該就是連祂也因無能為力而不忍卒睹吧。對滄桑人間的失望，薩爾加多將之歸咎人性的劣根底。我不以為他藉此替全人類緩頰卸責。我們只是沒有權力去針砭他如何看待如何總結自己大半生經歷的心情。是非對錯都是他自己的，也只能是屬於他的獲得。好像攝影師拍下的片段片刻是永恆的清晰，他很清楚自己拍的是什麼。而真正模糊的，或許是始終動盪不休，反覆輪演的世間紛擾。

然後，薩爾加多把鏡頭涉獵範圍擴及到了整個地球生態的命途運道。這個宇宙之中，唯一的邃美的漾藍星球。

他將視線從層層堆疊的屍體煉獄景象，轉至山丘江河恆靜亦恆動的變遷。遠方有樹，水裡有魚，偶爾起風，有時落雨，年事已高的攝影師別過頭不看生靈仍然的塗炭，越走越遠越廣，只求一把塵土一道水流，動物們一記天真但信任的眼神。是懦弱是逃避，抑或是為倦怠找到了冠冕堂皇的掩飾？——我們可以賦予這部紀錄片深刻命題的探討及論述，也可以一聲浪漫的慨歎就定義了薩爾加多漫長攝影生命中一切的輕與重。

薩爾加多的凝視，以及被凝視，到底凝視了什麼？在他略帶疲憊（慵懶）又溫柔聲線的喃喃娓述中，可能一廂情願了，也許偏頗主觀，或自我美化了，但作為一名攝影師（舉世知名或沒沒無聞），終究必須回返自己內心深處——撫慰並完成靈魂裡過去未來為之騷動不安的嚮往。

以光影寫就的作品，快門撳下的當口在絕大程度上也就完成了。鏡頭下反映出來的精神面貌，情懷主義，微粒塵埃，如何解釋，怎能解釋？很多時候，攝影師都還處在自我懷疑／說服的過程中，遑論滿足種種淺薄或滯重的意義需索。

在悠長或短暫的時光之流中成就的照片裡，無論有多少豐富或多麼乏味，只有在駐足於／一頁頁翻過的人內心自知是平淡無奇，還是波濤洶湧。一如攝影師睜著一隻眼透過鏡頭凝視的當下一刻。

霧中柏林

冬天還不太深的時候，在柏林。

倒數第二天了。那早，鉛雲重重堵塞，天光出不了家門。瘦弱雨珠半空粉身碎骨，抵達人間已是窗前的濛濛霧帘，撥不開吹不動，好像昨眠的夢，確定發生過了，卻徒留有形無魂的影子，在角落，靜默無語。

狹長的屋子，唯一的甬道起自臥室，終於衛浴間，廚房在中央。我喜歡廚房裡一大片傾斜三十度角的玻璃窗，面向著天空，就像屋子已經是抬頭仰望的姿態，我只消抬眼就能視野開闊。多數是清晨，半涼的茶或吃剩的馬芬，我坐在那兒，有點忘了時間在走，只認真孵些心事。穿堂後的中庭院子不深，樓也不高，街衢噪聲卻已濾得一乾二淨。皺癟葉子在枝椏抖索，彷彿風再勁些就要啟程遠颺。不相識的鄰人縮著肩靠在小露台吐著煙，有點鬼祟，像怕被屋裡的誰發現。

尋常生活總有耗盡多少毛絮黏把也清不完的屑屑渣渣，所以回來以後才會想念暫時的日子裡因為短促而不起毛邊，絲般觸感，那樣的靜好。

雲不散，愈聚愈厚，像回堵的車陣。

怎麼等，又怎麼能等？城市如此大，我是貪婪浮光掠影的不耐的旅人。

住處到地鐵站得徒步過幾個街口，沿途磚牆與房壁上的海報與塗鴉還是一樣熱鬧，餐館和一些店鋪與路上的行人同樣冷清。晴朗的時候，鋥亮陽光在樓寓間折射，篩過枝葉，明暗錯落，整條街區顯得活力沛然，此際的灰濛霧靄癱軟了所有，眼前街景如一張飄落池水的畫紙，慢慢暈開，失去了縱深。

與剛停妥車子的光頭男人一對上眼，他明顯斷電半秒地頓了頓，才微笑招呼一聲半生不熟的早安。讓這個背厚臂粗凸肚子像摔角選手的男人愕然也不是頭一次了。有晚臨時打算開伙，發現原來就剩不多的橄欖油連兩枚荷包蛋都不夠煎，超市太遠，貪近去隔壁巷的「類雜貨店」找看看。其實心裡有譜人家只專賣酒水，但碰碰運氣的心態驅使還是開口問了。老闆一聽，呆了呆，用有點腔調的英語確認地反問：「……烹飪用的油？」

電聯車（Tram）轉乘地鐵（U-Bahn）我們輕易就抵達規畫中的地點。柏林市區內的公共交通網絡由公車、街車、快鐵與地鐵串聯而成，親身轉了一趟，頗驚訝其路線系統的完整而綿密，幾乎沒有銜接不上之虞。善加利用，整個柏林走透透也不成問題。

漢堡車站美術館，顧名思義，前身是座火車站。建築空間高挑而深廣，整體面積大得離奇，就像沒有出口的迷宮，但也因為大得豪邁，收藏展出的作品都有充分的從容與姿態去醞釀、表現細節。主建築體旁延伸出去的長長月台圍蓋起了牆，分隔成一段一段毗鄰相通，卻又各自獨立的展示間。導覽員清一色是銀髮老人家（不光此處，在柏林許多博物館與美術館的導覽員多數為較年長者）。男女皆著藏青色制服，整齊的一款一式，很是專業感。他們的身影佝僂而安靜，徐緩的步履，在筆直廊道上星散又聚攏，彷彿共享一段旋律般的默契，哪兒有了空缺便自然有人補上。這裡看完一方，又發現那裡還有一處，我們逛逛停停，目不暇給，像是掉入眩迷蟲洞，渾然忘卻今夕何夕。

走出美術館時一天已耗盡三分之二，雙腳疲累卻飽漲地滿足著，絲毫不覺浪擲了寶貴時光。較起古典宮廷式，壁劃分明，人流洶洶的博物館島，我更偏愛這前世熙攘今生岑寂，形象線條略微粗糙的車站美術館。

搭一趟車，本來少了點陰霾的老天又變了臉色。霧腳躡躡地跟隨身邊，揮之不散。

德國歷史悠久的影展之一，成立於一九八二年的柏林國際短片影展（Interfilm Berlin）正舉行。城市裡隨處可見廣告。出了地鐵站，百公尺外，放映參展作品的電影院正門上方黃底黑字的招牌鮮亮醒目，連鄰旁巍然屹立的人民劇院（Volksbühne）也高懸為之宣傳的斗大字條。你說難得，要不要就衝進去看一場表演？我躑躅間，卻見一名女子來回試了幾扇門扉，全鎖上了，看來演出已啟幕，不再開放入場。彼此笑笑聳了聳肩，其實不過是一個臨時興起的念頭罷了，也沒什麼惋不惋惜的。

進了隔街格局狹淺的文具店，剛好躲閃開始密密匝匝的雨絲。店內繞了圈，沒有特別驚喜或喜歡的選物，真的是乘興而來，闌珊而去。一把長鬚像圍兜巾蓋在胸口的店主人推薦，晚餐就決定在幾步路外的餐館。越南餐館的燈火暈弱，微光暗室，鍋灶熱氣暖香暖香。我想亞熱帶生活的人都不會否認，在冬歐的一碗熱湯是多麼深刻的感動。捧著嬝煙氤氳的河粉，我都分不清朦朧的是眼鏡片，還是兩隻眼睛了。

街燈一盞接一盞亮了，那煦暖的蜜橙色光照代替了被陰天阻絕的夕陽餘暉。晃眼，這一天又尾聲了。

在柏林的那些日子，不見得是夜太長，卻總感覺白晝太短。時間不會止步，但旅人的時間有額度。還有許多地方想去，有一些地方還沒去，可是時光已如倒置的沙漏，將洩盡。

返程電車上，夜色在窗面浮晃。城市的輪廓在逆光的剪影裡；在霓虹撩亂的閃爍裡。柏林面對歷史很謙卑，非作態而是內化的謙卑，形成了一種距離——逼近冷肅的氛圍。歷史陳蹟的存在從來只是記取錯誤，而非自縛自累的枷鎖符號。就像穿越過深濃茫濁的霧障，對一段沉重又沉痛的過去能夠有如此的正視與自省很難很難，所以多麼珍貴……我們一路聊著，車子喀隆喀隆地跑啊跑，再兩站就要下車了。點開儲存手機地圖裡的行程，明天要去哪裡呢？

雨忽忽下得更急了。溫度又跌了幾度。

在柏林，我們還有一天，而氣象預報裡的雲霧散了，顯示一顆金黃色，大大的太陽。

輯四

壞掉的可愛

一九九四的男孩

一九九四，我還是十七歲的男孩。

那時，我遇見一些男孩。

念書的日子，捨不得早睡又不得不早起，輪迴的業報般。天濛亮，肩掛書包等著黃色校車的身影，有點佝僂，好像離開了寐床的懷抱，還是不甘願醒來。學校遠在距離H城約莫四十分鐘左右路程的X鎮，每朝的首班校車表定六點五十分出發，沿途接載住不同區間的學生，一站一站，走走停停，實際到校至少得花上一個鐘頭。若逢烏暗雨天，視線不良，路況不佳，便又另當別論了。

年邁巴士一跑，全身關節嘎啦作響，攤開書想考試前抱一下佛腳，頁面上的字全顛簸成一團黑芝麻，瞌睡蟲也一起抖落滿腳邊，更甭說補個小眠。我習慣靠窗的位子，不去意識目的地，且當作旅途中，一路看晨間空曠清新的商街、密集樓房退場，低山田野接力的景物嬗遞。

一輛車裝滿青春乘客，隱隱騷動的氣息，掩藏在白衫藍褲的制服底下。多數面孔都是熟悉的，但並不相識，好像每個人都有默契彼此緣分不過就這麼一段路途，沒必要有更進一步的交集。但也有例外的。男孩V，三分頭，膚黝黑，齒白，二年級學長。曾幾次眼神的招呼過。座位都是隨機挑選，見坑就填，有次碰巧並肩同坐，V主動攀談。我早已不記得他姓啥名誰，但我一直沒忘，閒聊間，我的名字被他在唇齒間反覆咀嚼，像顆水果軟糖，他說，喊起來特別親切感。

男孩C，濃眉，深眼窩，挺鼻，薄唇，混血般洋氣的臉。最末一站，往往座無虛席，但一上車，他仍會照例伸長脖子，為牽在手裡的女孩搜尋空位。拉環下，瀏海蓋額的女孩被護在C撐開的雙臂裡，頭低低像隻依人小鳥，很羞赧的樣子。我猜女孩寧願是站著的罷，有時我幻想，若我可以是那女孩，也會如她那樣總是一抹淺笑在梨渦。

與C熟識，同站搭車的男孩W，高三生，眉目清朗，像駐著一片永遠的晴天，菱角嘴唇透露一絲不知是堅毅或倔強，旁分的頭髮服貼，絲毫沒有夜枕過痕跡，一款一式的制服穿在他身上格外平整亮挺，漿過似的。他於我有一股無名魔力，視線僅僅是掠過他，心情就會像含了一口鮮乳布丁般綿綿軟軟。除了窗外，他也是車裡的一道風景。偶爾，候車隊伍裡不見他身影，我便忍不住疑揣是睡遲了，或抱恙請假？

*

回想起來，天主教創辦的學校像座牢，卻又是當時不得不進的安身的籠。

高中聯考被淘汰，轉考工業職校是繼續升學的合理選擇，除了一紙文憑也可習得一技之長，以謀後路。資訊科額滿，改報名電子科，孰料，後來那些個歐姆定理、串並聯電路、交流電路與直流迴路等專業科目，一進腦袋全成了恐怖的短路災難，面對紅吱吱的荒唐成績，年輕的自尊心假裝麻木才勉強卑微苟活。

導師T，估摸約三十好幾的單身男子，名中有樹，長得也如一棵樹般拔高。曾在週記裡試水溫，小吐憂鬱，卻遭以「專心課業，不要想東想西」草草應付，我不算敏感也明白看起來和善的T不是個能傾訴的對象。

我知道自己內向沉靜，但絕非孤僻。就像安於寂寞，也不一定要窩住洞穴裡。鄰座的男孩M，鳳眼，寬鼻翼，微卷的細髮塌扁，總讓我聯想費茲傑羅。大概都是說話笨拙的人，我們不交換日記，但交換紙條。不確定誰先遞出第一張，方塊的、狹長的或畸零的紙片，後來都是我們溝通大小煩惱、抱怨嘮叨的渠道，相對的，反目時就成了一條條戰壕，任何刀槍彈語，進可攻，退可守。若不幸短兵相接難免，雖不真的肢體衝突，但M慣用雙手緊扣我雙腕的伎倆，輕而易舉就箝制我，屢試不爽，也許不是我弱無縛雞之力掙脫，而是我總分神他掌心涼涼的濕意是手汗，或緊張？

週記不能無病呻吟，我將滿腦子胡思亂想創作成篇，謄錄青色封面的空白作業簿上。我一頁一頁浪漫編織的那些字，M既是不二人選也是唯一讀者，共感的，他慷慨眉批回饋鼓勵，不中意的便不置可否，像盡份義務般有看過就好。認真推究，那些寫給M閱讀的本子，該是我之後埋頭撰起言情小說，甚至出版成冊的濫觴。儘管那些愛只是風花雪月的小說，到底不過海量的租書市場裡快速消耗的即期品，卻是我始終珍視，好好收藏著，再也寫不出的作品。學業挫折，讓我逃遁隘仄但倍感安全的想像世界裡。那時，我痴念編寫的故事也能印上美麗少女的書封，在書店漂漂亮亮上架。

當願望仍是一顆未破殼的蛋孵著，我已先見識男孩P令人驚豔的繪畫才華。

P的深膚色是巧克力牛奶，寬厚的嘴笑咧開來會露出空缺的第二小臼齒。學校所在的X鎮是客家人聚落，而P是土生土長在地客家子弟，我與M偶會頑皮，聯手作弄，學舌他濃濃的鄉音腔調，尷尬的咬字，但溫吞的他從不惱火計較。我們仨算是標準的物以類聚，測驗或功課都無法相互支援，半斤八兩的那種。夢想是因為說給親密的人聽而熠熠閃爍，原來一直深藏不露的P，知悉我的白日夢後，帶來一摞圖紙，那些以粉彩、黑白炭描等技法表現的肖像畫，筆觸線條、顏彩調度乃至神韻，流暢而栩栩生動，毫不遜於市面上小說的圖封。我嘖嘖驚喜，又羨又崇拜，幾乎是挾友情要脅，纏著央著他以後一定為我的小說作畫，他應允了，但謙稱還是摸索階段，必須等到把畫筆練得更成熟精湛才行。

＊

在卡帶 Walkman 被教官列為違禁品，沒有智慧手機只有 BB Call，網路是龜速撥接上網的一九九四，所謂的娛樂與今相比，簡直貧乏得可憐。週六半天課，正午放學，不想從午到晚呆看還只有無線老三台，沒有第四台的電視節目，與M和P約好，就投幣撥通公共電話知會家人，晚一些再自行搭公車回家。而住在反方向F鎮的M總是陪我等車，錯過一班，他就與我一起再等下一班。就算天光已黯黮。

週六的下午悠閒，像跳越到了現實之外的平行時空，沒有老師與課本，拋開基本線性電路學，我們三人晃出校門，走下一段大陡坡，到鎮上覓午食。窄窄的街，幾隻野犬攬和幾隻浪貓，循著食店噴逸的香氣遊蕩，夾道的兩排矮平房，有磚瓦厝，有水泥建物，也有鐵皮屋，最高的樓不出三層。街頭到街尾，可供選擇的店家不少，但都必備粄條一項，像是正字標記，也如同一種「沒有這一味怎麼有臉在客家庄立足」的態勢。我承認不甚愛那寬寬粗粗的白米條，但衝著銷魂油蔥、鹹香湯頭，還是可以呼嚕嚧掉一碗公。

人散樓空，從鬧哄哄復歸平靜的校園，似乎乘倍數放大許多。行過階廊，穿過密集課室，經圖書室、實習大樓旁側捷徑，抵參天綠木環繞，擘有一方籃球場的後操場。漆落斑駁的司令台，緊鄰一片田地，稻熟時節，穗海浪湧，休耕期間，油菜花嫩黃搖曳。我們盤踞其上，各據一隅，翻漫畫寫字畫畫打屁，分析金曲龍虎榜喜歡的歌手排名戰況，又多麼期待哪部院線將上映的好萊塢電影。我們也看籃球場上，男孩ㄅㄆㄇ與ㄗㄘㄙ鬼吼鬼叫，熱烈廝殺的鬥牛賽，而我知道自己總是多看一點——男孩ㄆ汗透貼身的背心，ㄗ赤膊的精實線條。

數不清多少個週末下午，我們聚在那兒，彼此伴著，春夏秋冬，看夕陽，吹著風，聽張狂蟬濤，吃刨冰，咂艾草菜包……M會撿蛻遺泥土的蟬衣，觀察阡陌紋理，而當P順手抓起跳過眼前的田蛙，我必定雞皮疙瘩，不敢靠近。

直到二年級結束，迫於挽救不了頹爛成績的現實，我轉學了。

往後的日子不再交集，點滴心情不再碰撞，各自的事都是各自的，距離在時間裡拉得更闊更遠，聯繫漸疏，我寫得滿滿的作業簿，再也沒有一個M會捧讀，而與P約定的合作終淪成一個虛無的承諾。我有一幅半尺見方的靜物寫生油彩，畫中有一顆紅蘋果擺在桌角，像誰隨手擱著就忘了。那是P在我將離開的那年聖誕節送給我的禮物。至於M，我收過幾封他從軍中捎來的紙信，紅線格裡的字跡如昔，但客客氣氣沒有親暱，簡短的問候，近況幾句，似乎就再也沒有什麼賴以為繼了。

*

與M、P、我一樣同窗，但不屬於「一起混」的男孩U，單眼皮，眉淡，白皙，作怪的點子層出不窮，說壞不壞，就是痞子氣。他熱衷的話題，除了任天堂Game

Boy的遊戲卡，還像個消息靈通的報馬仔，特別清楚哪班的學姊好迷人，某班的學妹超可愛。

學校採行男女分班，教室分配是樓上男，樓下女，平素下課十分、午休的往來，雖不涇渭分明，卻自動圍了一道結界，像張隱形電網不可隨便觸之。也難怪C在校車抵校、出停車場之前都捨不得鬆開女孩的小手。走廊上，常見U趴伏綠色欄杆，梭巡的目光忙著追獵那熙攘的褶裙飄飄，像隻蜷在池子邊的貓，垂涎水中自在優游的魚。向來與U平平泛泛，少有瓜葛，已模糊什麼機緣，那次他會一屁股撐坐我對面的椅背上閒扯淡，又什麼緣由，即便在嘈亂的教室，近旁還杵著另一名同學，他還是輕輕鬆鬆，無所忌憚，不覺違和地對著我：「如果你是女生，我一定追你！」

非告白，也是類告白的那句話怎麼發生的？我壓根不解自己哪裡誤導了U的遐思。我不覺慌，不覺甜，卻是被澈底窺透般的赤裸感。U當然不會知道，我曾渴望自己是一個女生。小時候，鬧著要跟大人出遠門，安撫哄說買機器人好嗎，不要，芭比娃娃呢，奏效。大了些，我會偷穿媽媽衣櫃裡那條絲滑的連身裙。躲在房間，把紅色尼龍繩撕得細細像流蘇，再一綹綹編成髮箍狀，繫綁頭上，我也有蓬鬆如瀑的長髮。廟埕野台歌仔戲演出，我一定不錯過開場的「扮仙戲」，台上繡帔彩裙的小旦仙女，頂飾熠耀生輝的珠翠花簪，水袖婀娜，蓮步搖搖，不可方物得讓我也盼想穿上那一身華麗。見電視劇裡曼妙凌空的潘迎紫，心嚮不已，戴穩手工假髮，薄毯一披，跳上床鋪，躍下椅凳，我也是《靈山神箭》裡飄逸絕塵的白羽霜……

那個內心的小女生，後來成為我——被一些男孩親近，也被一些男孩吸引的男孩。

*

是一如既往的一天。也是那天，我失去心愛的風景，男孩W。

放學了，沒磨蹭，及時在校車上占得一席走道位。學生們陸續上了車，推搡中，男孩W佇停我身旁，他靠得很近，身上的草香幽幽。

車開了，望著窗外，頭頂時而拂過W淺淡鼻息。老巴士咿呀震動，晃蕩間，肩頭被團肥軟的什麼碰著，隨著車子的律動，一下輕觸，一下壓擠，像持續在打著暗號。當意識到那是W的褲襠，我僵直如柱。想移動，卻怕是回應，不動，又滿懷躁動是他無意，或我多心？有點病態嫌疑，但那混亂的詫然悸動，沁瘆泌痲，真像一小塊明知會疼，竟忍不住指摁的瘀青。很快地，W到站，我看著他下車的背影，卻只看見了若無其事。直到W畢業前，我都不敢再看向他，因為眼神不是洩露太多，就是問得太多。

一九九四過去很久，很久了。

或多或少，我都已有所改變，但記憶裡那個十七歲的我，與那些距離既近又遠的男孩們，依然不變，年少青春。

么弟

剪完髮，他持鏡讓我檢視後腦勺髮型輪廓，我點點頭，他解開我頸項間的長圍巾，輕輕一聲：「ＯＫ！」

多年來，我鋼絲般頑強的頭髮都是交由他手中的剪刀馴服的。見不慣稍長就蓬炸的髮叢，約莫隔兩週便要找他幫忙斬草除根，換一頭俐落清爽。如此固定而頻密，除了他是我親么弟且分文不取，或許與他自幼即對身為大哥的我言聽計從有關吧。

雖然父母親做的是專業美髮美容生意，從小耳濡目染，但他後來也成為職業的美髮設計師，我是意外的。

直到高中之前，家裡三兄弟都共窩一個房間。房裡的書桌是一排特別訂製的長桌，以抽屜櫃隔出一人一個蘿蔔坑，三位一體，卻又各自獨立。三兄弟款調脾氣各異，不擅念書倒像傳染病似的互相感染，課業上誰也罩不了誰。

大概是男孩的性子都特別火爆，話不會好好講，愛拿拳頭溝通。打架這事兒沒照三餐也是三不五時。就像電玩遊戲的角色設定，每次上陣對決的組合不同，亦不乏兩造結盟，二對一的戰況。兩個弟弟性情類近，往往同聲一氣，我則是無援孤軍。不過，最常見的還是三人大混戰。有時鬧得要掀屋頂了，老爸就會像把關的終極大魔王把三隻兔崽子通通抓起來修理一頓，很乾脆地清掃戰場。長大後，不打了，相互間除非必要談話，不太閒扯淡，不見得是疏遠，但就保持一段適當的互動距離。偶爾親朋會將我們的安靜寡言謬讚成兄弟感情好，真難得，我便想起以前彼此打得多麼兇猛。

現在房裡擺置的幾個木相框，有一幀是與么弟的合影。照片中的我們還是稚齡孩童，差三歲。我從背後熊抱他。我咧咧笑開的嘴缺了幾顆牙，他睜著萌萌圓眼吮著小小食指，像含著甜蜜的棒棒糖。家族淵源並無外國血統，但他漂亮的五官卻彷若混血兒，細緻易碎的搪瓷娃娃般。

國中時，買了生平第一卷卡式錄音帶之後，便無可自拔地陷溺，成為華語流行歌曲的忠誠信徒。每次去買喜愛的歌手的新專輯是最期待最重要的娛樂大事。家離唱片行約七八分鐘步程，我總是拉著么弟結伴同去。當然並非每回都央得動，說走就走，但誘以一罐冰涼汽水或一包餅乾，他便會毫不遲疑放棄抵抗。有次週六晚上，開開心心買了卡帶與零食，回家路上遭兩個年紀大我們一些，幾分流氓氣的男生攔路後逼入一旁暗巷勒索。初次遇劫，我六神無主，倒是么弟不肯白白被欺負，一派不惜幹架也不能吃悶虧的態勢。

么弟石頭般，不示弱的硬脾氣，許早就顯露端倪。有個畫面，永遠烙在我心頭。不確定念小學的他究竟做了什麼澈底惹惱父親，拿吹風機的電線抽得他渾身瘀痕不夠，甚至扒光他只剩一條內褲，用細繩反手綑綁，押跪偉士牌打檔機車前踏板，遊街示眾般一路從家宅載到美髮店裡。我自然不能明白父親的怒火燒過了界線，已是失控狀態，但么弟牙根緊咬，無聲沒淚，頭腦頹垂胸口的模樣，卻讓我深刻難忘。那時的我並沒有精準的詞彙可以解釋那是什麼樣的一種感覺，只有恐懼且傷心著弟弟的處境。

青春期就像生命中的一個分號，它是承接前後人生因果關係的一次轉折。

上了國中，么弟更乖戾，不甩父親不聽母親，動輒得咎，誰都束手無策，透天厝裡常迴盪響徹他暴跳頂撞的粗嘎聲嗓。在外面，稱兄道弟的同夥多了，菸酒，檳榔，飆車，蹺課蹺家，尋釁群架……大人口中所謂不良少年會幹的勾當、闖的禍，他幾乎無役不與，全身上下的大坑小疤一如小時挨揍的傷痕，只不過不再是憤怒的父親所給的了。

沒有繼續升學，他憑著對改裝機車的一點樂趣，找間相熟的機車行當學徒做黑手。白天修車，晚上就與三教九流的朋黨們吃喝玩樂，四處浪蕩廝混。後來，他的身上出現盤踞半胸連延半臂的刺青，虎狠狠的，就好像身體是他宣示威猛與力量的場域。沒有真正發自內心的熱情，什麼都難以久長。很快地，他厭倦了那些烏黑油膩的機車零件，之後，他更像隻沒有歸屬的孤魂野鬼，常常胡混到可以幾天不見人影。

有次他失蹤太久，母親食不下嚥，就要報上警局時，卻傳來他失足墜樓的恐怖消息。他不是九命怪貓，也是福大命大了。朋友家三層樓高的公寓跌落，幸有遮雨棚減緩衝擊，震了腦袋，皮肉外傷，折了幾處骨頭，總算性命無危。在醫院療躺了一段時間後，又是活跳跳的頹廢英雄。後來我問過他事情怎麼發生的，他卻像是逛了一趟異次元，記憶如凝霧的玻璃被手一抹，整段失焦模糊，拼湊不出個所以然，唯一說得出來的，是他沒爛醉更沒濫用藥物，當時卻感應有一股清晰而強烈的莫名引力一直拉扯著他往下，往下……

生死交關的經歷之後，他像被點了穴道，也可能是被解了穴般，少了忿忿不平，斂了輕狂的氣焰，漸也遠離了過去生活中荒腔走板的部分。他聽從家裡的鼓勵，與其無所事事，不如提前入伍服役。

退伍後，雙手空空，身無半技，等於一切從零開始。大弟很早就對髮藝產生喜好，後來的發展也證明他極具天賦。在他的提議下，么弟跟隨他一起到臺北工作的造型沙龍，洗燙染剪，從基本功扎根學起。我原以為那不過是他摸索自我方向的權宜之計，詎料，儘管起步遲，半路出家，但他堅持勤習，潛能甦醒，竟也鍛鍊成師，可以獨當一面。

在臺北為人奮鬥打拚了幾年，時機一到，兩個弟弟返回故鄉，合作經營自己的美髮沙龍。如果對大弟來說，這是成就事業的階段性目標，那麼么弟就是完成了人生的第一次轉折。

「我女朋友懷孕了，我們考慮要生下來……」那個晚上，么弟對我說了這句既期待又含有猶疑的話，我就知道他的人生將迎來第二次轉折。

那年他剛過二十五歲。

就像氣象預報了晴陽，卻突然轉了陰雨，人生少有應該的順理成章，多數時候其實是失序的。決定留下胎兒後，從養胎到生產，母親對準媳婦細心照拂進補，無微不至。孩子呱呱落地半年有餘，他們補辦了婚宴，正式結成夫妻。然而結婚生子容易，能不能平常日子裡學會做平凡夫妻卻是另一番機緣造化。兩人個性裡漸露的牛角尖讓彼此的日子不得安寧，孩子一年一年大了，夫妻卻愈趨疏離。他倆到底是失敗了。分了居，離了婚，終究無法成功做孩子完整的父親與母親。

弟媳後來再婚，生一子，有了新的家庭；老弟像不甘示弱地也沒單身太久。這些年，他與女友在外賃居，侄子是由我們母親一點一滴捏大的。明明疼入心，母親卻老愛貌似抱怨地叨唸自己在養第四個兒子，怕他餓了怕他冷，牽腸掛肚的，享不了清福。

負擔生活雜支，繳學費，接送上下課，大概就是目前他身為一個父親的全部職責了。他與兒子實際相處的時刻零碎而短暫，總是學校的家庭聯絡簿簽了名，講幾句公式化叮嚀的話，甭說沒有一個輕輕的擁抱，甚至沙發都還沒坐熱，就可能因為店裡還有預約的客人，或有其他的事情而離開了。我見過也聽過一個十幾歲孩子不敢在自己爸爸面前表露——在想念裡偷偷的淚水，種種困惑的不諒解，但我想，他對兒子若即若離的不親密並非不愛不關心，而是下巴圓了，腰寬了的他徒有父親形象，卻不懂得如何做一個父親。

多年前的那個晚上，他徵詢我要未婚生子的意見，我依然記得自己的話：「要是你的肩膀準備好了，有何不可呢？」而如今我才了悟，只有肩膀是不夠的。冰冷的工作責任才是用扛的，關於愛的責任需要的是一個恆常的有溫度的懷抱。

若兒子是他生命中的第二個轉折，他不能懈怠的課題還有很多很多。

我很喜歡，也會一直給他剪頭髮。長久以來，在他完成剪髮工作後，我的點點頭和他那聲特別輕俏的OK，代表了他專注持剪的自信，以及我放心託付的信任。如果當父親與剪頭髮一樣，也是一種可以反覆練習，熟極而流的功夫，他就不會沒有稱職的機會。孩子年紀漸長，心思必然愈發繁複——或許，就像面對顧客一頭蓄了好久，蕪雜的亂髮，他必須先耐心去觀察理解對方的偏好與需求，然後下手一刀一刀、一寸一寸，認真地、悉心地、層次地剪，才能慢慢雕琢出接近彼此都滿意的理想模樣。

同類

近五月，春雨遲遲，白天多暖，幾縷軟軟晚風就吹涼。返鄉的K，無論早晚，訊息裡的馬來西亞都是燒滾的熱浪，偶爾挾帶一場午後蒸出樹林莽氣的狂野雷陣雨。晚飯後，電腦前，K絮絮著在市場找到的新鮮食材與香料，下廚為家人實驗了哪些新料理，回來以後也要做給我嚐嚐。

桌上手機忽忽錚亮，是侄子來電。大伯（tuā-peh），可以下樓來一下嗎？耳邊的聲腔濁濁曖曖，像隔了層膠膜在顫動。透天厝，四樓到三樓，拐個彎，短短十來階的梯，狐疑到惴惴，腦中的跑馬燈停不住的閃閃爍爍。

起居的客廳裡，約莫已過連續劇時段，五十吋電視螢幕一爿黑。

面積不窄，但也不寬的藤編躺椅上，侄子與阿嬤，一少一老，一前一後挨坐一塊。侄子雙目泡泡的，兩頰濕亮，阿嬤的眉心輕輕颦著彷彿能聽見歎息的結。他們向我望了過來，空氣沒有戲劇化的膠凝，但時間很真實的頓了兩秒，我覷著他倆，心底陡地鏡子般的清楚明白了。

我都跟阿嬤說了。侄子低低吐一句，不費吹灰之力，好像以前的遲疑從未存在過。你看這个，講佮意查埔囡仔啦。阿嬤語氣試著清清淡淡，帶笑的嘴角澀澀的，有點僵，來回撫搓孫子大腿的皺皺的手掌，卻洩露了欲蓋彌彰的心慌。

如果成長是寂寞的事，我以為十七歲的侄子還多馱了一分孤獨。么弟二十出頭便與女友先孕後婚有了他，不消幾年光景，倆人婚姻觸礁，甜蜜枯涸，怨懟泛溢。離異後，侄子的日常屬於爸爸，而週末是媽媽的，牽了一隻手，另一邊就懸空，他可願望過，他們一左一右一同拉高他小小的身軀盪鞦韆？么弟生意忙，孩子只得厚顏交託自己的母親。好歹母親也拉拔大了三個兔崽子，再顧一個猴孫仔也不算為難。雖然嘴上三不五時欵著氣身惱命，但她還是把唯一的寶貝孫餵養得白胖，肚皮圓鼓像挺了顆西瓜，肥嫩的手腳似香噴噴的糯米腸，讓人垂涎想咬上兩口。

住在同一個屋簷下，襁褓到學齡，叛逆到懂事，我都在場參與了侄子這孩子從扁平到立體的每個轉變階段。他課業疏懶，我督促。對阿公阿嬤沒大沒小應嘴應舌，我訓斥。鬧彆扭耍脾氣，就跨上機車載他四處遛達，種種大小欲而不得的，我盡量適當去滿足。拜他所賜，我熟悉了幼幼台的水果哥哥與姊姊們，認識一些聞所未聞的卡通人物，據觀察，他絕不可錯過的是動輒脫褲子露屁屁的蠟筆小新，還有魔法少女真珠美人魚……無論我們經歷多少開心溫馨或衝突交鋒，如今身長已拔高超過我一顆頭顱不止的他，依然大伯大伯地喊得親親熱熱，認真計數，喊得最頻繁的，肯定是阿嬤阿公摘冠，我居次，而爸爸只能敬陪末座了。

提及傷感，但媽媽不在排行榜，是不可逆的現實。一場清晨的意外車禍，不由分說橫斷侄子與媽媽短暫緣分，那年，他剛滿十二歲。若悲傷是個洞，他究竟跌落得多深？面對眾人關懷，他不是安靜不應，就是搪塞沒有怎樣。我了解他沒有逞強，因為不經意發現過他說不出想念的傷心，而偷偷地，無聲滴淚。爾後，我不曾再見他為任何事哭泣，直到這一晚。

侄子背著阿嬤，猛使眼色，擺明向我討聲援。

記得是個冬將竭，春微寒的晚上。半工半讀的侄子，結束第二份兼職打工，一回家便躡手躡腳摸進我房裡，還神祕兮兮將門扉嚴嚴鎖上。你幹嘛？我手忙腳亂匆匆斷掉與K的線上通話。我有事要跟你說。他將背包緊緊摟成一座靠山似的，一屁股陷入灰藍布面的單人椅。我等著他下一句，卻只有對面人家天台盆栽間的雀聲鏗鏘嘹亮。他幾度欲言又止，周身的雲翳聚了又散，明明暗暗，反反覆覆。那一霎時衝勁膨脹又瞬間頹然消風的神態，教他臉色一陣粉豔，一下刷白，若非同類，八成會以為他中邪了。我知道你要說什麼了。我索性推他一把。你怎麼知道？他瞠目，嘴都忘了闔上。就算在默契上通了電，我還是想聽他親口驗證，但他卻看似取巧，其實很賊地推稱就像我和K一樣。已經模糊是否問了什麼促使他對我坦誠，但言猶在耳的是他說，你一定會懂的。

我想，我毫不覺突梯驚訝，難道不是從他自幼偏好的人事物中已有所覺察，端倪之一是小學到高中，他的知己都是女生，即有閨蜜，但無弟兄。同類相認，成了彼此相知的同夥，但我們仍有所差異，我知道侄子還胸懷一股欲向阿嬤開誠布公的衝動，不過，我按捺住他。美其名顧忌對七旬母親必然造成的莫大困惑與衝擊，很自私的是，我自己櫃子的門也還未打開，雖然我懷疑那扇門，其實早已是虛掩而已。

眼前情景，遲早發生，只是速度超乎我的預期。我的頭皮刺麻，背脊針冷，但澈底不是恐懼侄子會不惜出賣，拖我墊背。千百句話像池塘裡爭食的魚群騰躍，我卻一句也撈不住。

共你飼甲媠媠閣緣投，毋知偌濟查某囡仔欲倒貼，哪顛倒欲去牽一个查埔矣？按呢別人會按怎看咱？儘管慢慢斟字酌句，卻似乎愈加的詞不達意。說不清是煩憂或忐忑，或無名的什麼像越堤的浪，洶洶拍擊著阿嬤的心臟。

是啊，別人會怎麼看我們呢？這像緊箍咒的束縛，讓面對侄子親口剖白的母親，並非不理解，卻在不想食古不化，但又無法輕鬆跨過意識底那條界線之間，窘迫揪扯。我閃念，若與侄子易地而處，母親也是相同的話嗎？或者，對我，她內心已各種演練無數次了。

母親是知道K的，更精準的說，K與我一家子人皆識。

K離開南洋半島念書工作逾二十載，故鄉已恍若他鄉。初遇時，我總浪漫地形容他一身漂泊的氣味，時光荏苒，他身上僅存的異國風味，大概就剩那一口流利的廣東話母語了罷。剛交往那會兒，K因著工作在島上北中南遷徙，無論落腳哪裡，每逢週末我必舟車奔去相聚。不明就裡的母親只當我結了新摯友，但那殷勤勤，幾乎常態化的不見人影，使她一度誤會K是個讓我神魂顛倒的女孩。若我難得例假日窩在厝，她還會忍不住試探，這禮拜那無去揣伊？多年來，無論做什麼，到哪裡，大事小事，細細瑣瑣，我陪K，K伴我，後來連工作都是互助互倚的夥伴，他的名字如膠似漆與我黏一起，已成模式，成現象，哪怕還沒碰過面，母親聞其名也如見其人了。

申請到永久居留，不再受限聘僱條件，也為了不想繼續分隔兩地，K一口氣搬到我家三百公尺外，僅隔兩條街的公寓，從此我們近水樓台，廝混得更理所當然。不確定是如何形塑而成的印象，K在母親心中是個特別照顧我的人。出於感激心理，或者母性的慈愛，得知K比鄰而居，她幾次像是不經意地要我問他有時間就來家裡吃頓飯，K雖欣喜，但臉皮薄怕尷尬，只心領，藉故推辭，總稱下次。

飯還沒吃，K倒先吃了不少別的。偶爾母親上菜市場買到難得出攤的油雞，聽我聊及K喜歡，便為他分裝一份讓我拿去。逢節日，端午給粽，中秋送柚。家中獲贈什麼新鮮的當令水果，也差我拎給他沉沉一大袋……凡此種種，她一貫撇說，食未完嘛拍損。後來，就算只是礙於不能失了禮節，K終究坐上了家裡的餐桌，而每回必有一道美味土油雞。三年新冠疫情，不能出境，每到春節，母親可憐K一個人過年淒涼，總會囑我找他除夕一起圍爐。

我與K不只是朋友，其實昭然若揭，明眼人都能輕易點破。到底我是粗枝大葉，裝傻裝迷糊，抑或是，母親的彷彿若無所悉，才讓我安心不設防、不避嫌？有時飯桌閒談，母親天外飛來，你們都不結婚，以後沒人照顧怎麼辦？我與K倫眼相覷，只憨笑。今年元宵後，K染疫確診，母親聽說他居家隔離，竟主動提出備餐，由我負責每日遞送。毋知影伊食有慣勢我煮的菜無？她嘟囔，手邊張羅的便當滿是比平日費功夫的菜色。伊真佮意食啦。我幫確實愛吃的K打包票……都說知子莫若母，不管她是平靜的了然於胸，或心有疙瘩的迴避，我都相信那始終沉默而迂迴的體貼，是包容。

母親剛剛那番憂慮遭別人另眼看待的話，明著向侄子，暗地等我一個表態？或講者無心聽者有意了？我久未吭聲，侄子著急，一臉期盼同伴助陣的迫切，逐成落空委屈。

阿嬤亂糟糟的心情也全擠在臉上，看著孫子鬱鬱的眼神裡透露著「你為怎樣欲遐爾辛苦」的不解，但更強烈是「你按呢會足辛苦」的不捨。

站在那裡，我有點動彈不得。感到一切既明亮又晦暗，彷彿赤裸又裹著薄紗。我不氣惱侄子的揭掉假面，傾斜了我片面認定與母親某程度上心照不宣的平衡，但有一瞬，我挨受於心不忍一記悶拳——如果母親對我與K早就心知肚明，卻不發一語，是能夠適時反過身喘口氣，而今背後侄子像一面真實的牆堵在那裡，她豈不深陷進退維谷的夾縫之中？

隨在伊去啦，以後按怎樣攏是伊家己的代誌。我周折幾番，卻彷若自白的圓場，粗糙而多餘，撐不了侄子，又攙不住母親，就像眼下這一局不會愈演愈烈，卻也一時半刻不會有解，對於侄子或母親而言，甚至我，都是。

該怎麼說，能再說什麼？靜默在三人之間緩緩擴張成淡淡的無奈。就像困在夜色降臨的山林，前程後路都潛危不明，只能就地暫卸包袱，各自紮營。

這晚散場以後，是有所凝聚，或有些什麼會就此丟失？

上了樓，侄子像道影子似的，尾隨我進房間。四目一觸，他話還鯁在喉，淚又先瀑。明明該是憂傷的青春臉龐，竟顯得分外清亮。阿嬤說跟男的在一起會很辛苦，可是和男生在一起就是我的幸福啊。侄子神色堅確，眼眶的紅潤卻又烙深一圈。侄子不能勉強阿嬤順其自然認可，一如阿嬤也無法逼迫他扭易天性。這矛盾的哀愁。

對待性向，十七歲的他渴求透明無諱，四十好幾的我秉持曖昧無事，就像我只要接納自己天生如此，他卻不必與自我頡頏，即便有點掙扎也拒絕隱藏欺瞞，必須所愛的人接受真實的自己。他坦率自己後，抑不住的情緒，莫不是母親對我與K默聲不問的態度，給了他過度正面的鼓勵，樂觀的期待？我的母親也是他的母親，而現在的他又該如何懂得，他的說破與我的不說之間，我們母親難解的糾結。

太多的安慰有時徒增負擔。但，讓侄子除了自己的房間以外，另有一個放心躲藏流淚的房間，我很樂意，也給得起。

幾天的日常，照舊運行，如常地過去了。

母親節，愉快的聚餐，一如往年。

飯席間，阿嬤不無炫耀地向一桌人秀出一只百貨專櫃的碧藍色小手提包，那可是孫子打工存錢買下的禮物。侄子高舉手機，靠著阿嬤臉貼臉自拍，鏡頭前陪襯拇指與食指捏出來的一朵小愛心。看這孫嬤倆的親密勁兒，心尖莫名一觸，經過那晚，他們仍好。那我和母親呢，維持現狀，我們也才能仍好？

剛箸起一塊咕咾酥肉，母親忽詢我K是不是要從馬來西亞回來了，還正確指出下週哪天。我一愣，詫異她竟牢記我之前隨口一應的日期，點點頭，「嗯，快回來了。」

師傅

那個師傅，心腸不壞。

他算是有拚勁的，什麼都盡力達到老闆的期待與要求，算是心機不太多、憨實悶著幹的那種。雖然他私下對很多工作上狗屁倒灶的鳥事總是藏不住惱火，盡情抨擊宣洩；針對老闆偶爾無理取鬧的吹毛求疵更是滿肚子大便，不屙不快，簡直口無遮攔地步；也會厭煩加班太晚、叨嫌死薪水像套牢的股票都不漲。每天早上，他不一定是拔得頭籌的打卡冠軍，但下班之後，總是在廠區巡前顧後，熄燈關窗放鐵捲門的那個人。

師傅菸癮大，蹲在廠邊將陽光割開的簷下吞雲吐霧，再忙碌也照樣一日數回。壯年老闆同為菸不離手的癮君子，例行會議或檢討訓話前，必得掀亮打火機，緩緩點上一支白長壽，像個儀式，也如一句固定的開場白。雖然師傅慣抽日本牌子「七星」（MEVIUS），老闆偶爾「斷糧」，又一時懶得專程出門補貨，還是會找上他「擋菸」，每次二十支，一盒。包裝員J分享的小道八卦，年尾，連續假期前，他不經意聞見師傅向老闆討了一筆債，近萬元。原來，一整年，每一盒菸，師傅都當作賒帳的買賣，仔仔細細記牢了。

他不推諉人人敬而遠之的麻煩活兒，對各種請託也有商有量，但有任何便宜好康的也絲毫不會枵鬼假細膩（Iau-kuí ké sè-jī），一定占好占滿不吃虧。軟體工程師Y某次計畫日本京都旅遊，央他代為處理部分工務一週，允諾返來時奉上當地土產伴手禮，師傅一口爽快答應幫忙，不過卻謝絕了土產，而挺挺豎起食指與中指，指名要日產的黑殼Seven Stars香菸，兩條。

不嚴格挑剔，他算是可愛的。大笑時氣運丹田，就像內建大聲公般四方震動。孩子氣的大人，打屁嗑牙，開起玩笑常常忘了分寸，後知後覺，煞不住車。越過界線，踩了別人地雷，還無辜委屈為何自己只是想逗人嗨，卻反倒被莫名其妙兇一頓？他也愛吃，葷的素的，冰的熱的，甜的酸的辣的，來者不拒，那旺盛如颶風雷雨的食之慾啊，全部忠實反應在不必奔跑，只消走起步來就ㄉㄨㄞ啊ㄉㄨㄞ的九月腹胎上。明明嚷著為了在高中死黨的婚禮當個稱頭的伴郎，誓言減重，舌尖上的食物派對卻還是熱熱鬧鬧，不見收斂。業務S調侃不如直接買套大尺碼的西裝就拋卻煩惱，方便省事！

他講起話來雖非臭不可聞，但就是特別不中聽，肉麻當風趣，挖苦當機智，想表示親近的用語粗俗，讚美的遣詞彷如真心又似假意。一張嘴像是一罈醬缸，只不過醃漬的不是啥陳香，倒像是發酵失敗的酸腐之物。凡經他詮釋，晴朗忽陰，暑熱驟寒，白的都變灰灰的，那灰的，當然就黑摸摸了。

他這個人啊，真的不是壞。可是呢，遇週期性烏雲罩頂時，管你哪位，一律結屎面伺候。儘管是如衰神一般的存在（自然不是衰自己，而是蹂躪別人心情），但整個生產線的流暢運作全仰仗於他，同事們皆避不掉與他有所接觸溝通。若工作上任何環節稍稍失誤差池，讓他逮到，更是操起狠嗓叱責，字眼不挑不揀，一條腸子通到底，毫不留情，哪理得彼此親疏遠近，痲吉不痲吉。一回，初來乍到的年輕女性移工，縱使不辨不解他刀光劍影的詞彙，卻也被他獅吼般的咆哮極度驚嚇，告假躲回宿舍房間淚雨潸潸。久而久之，種種大小齟齬厚積成了幽怨，大家對他也就難免不假辭色，懷抱深邃宇宙般的黑暗面——

工廠每逢初二、十六，一定大門正中擺開一桌時令鮮果供拜土地公，挑染一頭亞麻髮色的老闆娘肩負代表人任務，合掌默念祈求生意順遂、財源廣進。燃完半炷立香，烈燒一爐煙蓬蓬的金紙之後，甫到職兩個月餘，幫忙整理收拾的總務小姐H，熱心好意，不嫌勞動繞了辦公室一圈，分派水果到每個人桌上。

師傅忙完一頓，腋下汗酸微熏，剛返座位，不明就裡：「這些水果誰放我桌上的？」H甜美巧笑地：「我呀。」師傅努努嘴：「幹嘛放我桌上？」「要給你吃的呀。」H一臉「用不著謝我了啦」的神色。

鄰座的會計大姊B深感他的疑問無敵白目，於是彷彿不經意，但應該更接近情不自禁地脫口飄出一句：「不然是要拜你的哦？」

「……」耳尖的師傅還沒啃到水果，就彷彿被噎住地語窒了。

師傅真的不壞，但在人緣方面始終欲振乏力。

泥淖記

立秋後，烘熱的氣焰也弱掉一些。他怕熱，大概還是覺得夏天張牙舞爪吧。聽說，只要再落幾場雨，秋天就近了。

多數時候，家裡都是你與母親、父親，仨人，但不一定同桌的晚餐。嘴多，難煮食，人少，其實更是無從著手。

今晚，桌上擱著一只素雅湯碗，一雙銀箸。碗裡騰著煙的，是雪似的米粉。照例，母親的料理，總是寡鹽，吃得慣習，倒也不感無味。韭菜段，鴨肉塊，一匙深褐油蔥酥，懸浮黃澄澄的湯水上。母親非常自傲煏的油蔥分外清香，無一絲油耗味，確實，如何樸素無華的清湯青蔬，添上一瓢，再遲鈍麻痺的舌頭都醒了。

按時服藥，這陣子以來的潰瘍症狀雖仍隱隱作祟，但已略有緩解。以前飲食，你總像個不斷搶拍的歌手，現在每一口都提醒自己要跟樹懶學著點。消化需要時間，就像美味不是囫圇吞棗能嚐出細節的。他的吃食速率也不遑多讓，暴風似的，想提醒他留心調整看看，也許餐後必會腹絞煲馬桶的情況會有所改善。你的藥盒裡五款藥丸，各司其職，早中晚，飯前飯後，一粒不漏，明明是段療程，卻像在吞著求心安的保健食品。

提到保健，掐指數數，除了天天護目、顧眠與養顏的膠囊，也認真考慮起是不是該整整腸道的益生菌？以前人道，預防重於治療，結果要防的像堆積木一樣，愈疊愈高，一如年紀不可逆地愈來愈長。有點弔詭的是，明明是為了健康努力，卻反倒像是個藥罐子了。

其實你也並不確知，他還有沒有餘情興致你那些零瑣私常。但唯有向他傾訴，你才能稍稍感覺日子持續在轉動。他仍在。

*

每天早餐，富士小蘋果兩顆，八瓣，半杯豆漿，搭書冊幾頁文字。這番清淡，或能平衡一下這些日子嘈亂的心緒，扯緊的腦袋。

枕上轉醒的時刻，稍有推遲了，從五點半緩進到六點，睜眼望見的，不再是沉悶的灰藍調。熹光微弱，也染亮了房間，率先浮上意識水面的仍然是他，與往逝的你們。

這一天，能有什麼不同？實在暫且還沒有足以驅使前進的什麼。你認知改變已然發生了，但要內化成身心每條神經末梢的接納，就像雨水落土要滲透一層層岩層的歷程，才能澱積成靜臥地底深處，無漣漪的黑水。

「如果我們之間失敗了，就稱為愛好不好。」

「如果成功了呢？」

「那麼不叫愛也可以。」

小說裡讀到的一段好美的對話。

他說過，每個人的功課都是自己的，沒有人可以代替你修。你贊同此話，然而，個體都是孤獨的，若有相許的人甘心情願陪著自己一起各自修，道途上，彼此其實都少了一堂寂寞的課。不過，緣分說穿了，大概就是一種因果業報，曲折難說，消長拉鋸，都不會有個絕對，誰陪著誰，終究無可避免某一方先落了單。那落單，不是旁的，就是彼此從「彼此」裡脫隊了。

你們都會因為愛而成功，同樣也會因愛而失敗。既都是愛，那麼，愛是直覺，但也必然是一種選擇。對你，他勾選了愛的敗退，對他，你寧願：你們是不稱之為愛的成功。

你也不知道自己能怎麼樣，或會怎麼樣？但你的依戀還在他那裡。

這些天不缺陽光，但肥肥的雲群在走，光線就變得細碎而短促了。

*

你對你們的認定是永遠的，根深柢固，從未一絲懷疑，有任何難題是你們無法面對與克服的，只要一起。所以今時你眼前的悲景才會無比淒涼，如失落希望的天涯絕境。

然而，你又有什麼資格與自信，以為他拖著你會更好？若沒有你，他能想像與擘劃的生活更明亮朝氣，可以期待的未來更寬闊飛揚，得以抵達的地方會更多更遠……你要怎麼拉著他不放？

昨夜裡，夢見他。陌生的屋，現代簡約。你側臥沙發，他倚到身旁，捏出一枚指環，求婚。意識連接現實的悖反，你不停喊他名字，激動吻他。下一秒，忽醒，現實依然是現實，四點二十一分，夜仍黑，倦眼濕了，心酸在空蕩裡，無邊際蔓延。不知多久，夢重新開場，情狀逆轉，你忿怨他，叱責他，分離的忍心，而他只是淌著淚，不發一語，任由你哭擁著，重複循環：我不要離開你。

夢來與夢去，同樣沒有明確線索和消息。六點，未一刻，晨光薄薄，你的心還浸在鬱鬱的惆悵裡。但願，日光再燙一點的時候，可以稍微晒乾你那被泡得糜爛的心情。

岩井俊二形容電影《情書》：「總有一天，我們會成為別人的回憶，盡力讓它美好吧。」但，你存疑。回憶有多麼美好，對於返望的人便是加成的艱難。偏偏，值得沉溺的回憶，就算灰澀悲傷，也是又要哭又要笑，眷戀的酸甜。

只要活著，便會不斷記憶，於是回憶纏身，無人可免。你們的回憶，遍及，占據，生命中無數的層次，廣泛的面積，想抽離，無處可去，待在裡頭，又是深淵。一個人抱著回憶，沉得鉛重，鬆手，卻又是無所依傍的孤海漂流。如果回憶有專門垃圾車可以清走，你捨得扔嗎？不如來一尾餓鯊，撕咬，毀滅它，或乾脆，吃掉你。

*

房間後巷的樓宅開始動工，大型機具入駐，工人們高喊低吼，晨早七點，向晚六時，數個小時，噪聲隆隆，嘈嘈嚷嚷。

這幾年，看著窗外的舊樓拆了，新樓又起，有人翻整了樓頂庭園，有些更新了更堅牢的窗鐵欄。景象的改變不斷進行著，但你卻似乎從中途折返某種狀態。那就像與他一起走了一段長長的岔路，終於只能躲回出發之前，孤獨的房間。

如果相遇是注定，那麼分離也是注定嗎？人海渺渺，他等待新鮮的人、新鮮的戀情潛在其中，而你只是不願成為他的舊人。但如今已是一廂情願，固執的人一點也不可愛。雖然你完全不想要可愛。人生雖過隙，卻也不那麼倉促，你一點不期待誰，無餘力再去分享什麼，就是憂鬱沒有了他。你很對不起，也很沒臉皮，那些靡靡心聲，於他沒有意義，缺乏營養，卻仍執意吐露。可是，你所有的真實，不給他，你不知道要給誰。

近程目標確立，他往前走了，你真誠為他喜悅，但同時也深深感傷著，他不再帶著你一起走。而你想跟著他，亦步亦趨，儘管明知很快的，便再也跟不上了。雖然說了許多許多，你也仍不懂為何可以堅決到許多年的情感與相守，竟求不得一次卑屈的修補？可是看著現在的他，你卻必須裝懂，必須當一個應該成熟的大人，必須不當一枚絆腳石。「很多當下裝懂的事，結果就是一輩子不懂。」在書裡讀到的時候，你很害怕那就是後來的你。

每天，你有試著與他的態度一樣，正向以對，相信會好的，可總是功虧一簣於你不知道怎麼快樂，還有什麼是快樂的？世界變了樣，要用什麼再構築一個「好」的世界？你從不要求多完美，但卻連一直很滿足的完美也挽不住。分離於他，是武裝好的準備，所以對你變成了割得更深的血肉模糊。那並非蓄意去做些什麼，轉移注意力就會弭平的傷，因為那是滲在分分秒秒、每一條肌肉纖維裡的苦澀。

傷心是會累的，可是你還不知道怎麼快樂。

現在什麼是他的快樂？

*

終於看了影集《大豆田永久子與三個前夫》，但好像挑錯時機。

即便如永久子那樣獨立自在的都會女子，也有需要依賴，倒臥前夫大腿上安然睡去的脆弱時分。第一任丈夫憶起岳母曾對他言：「這孩子很愛逞強，請你珍視她一輩子。」你當然不及永久子對已逝的感情（婚姻）那般率性灑脫，但你確實愛逞強又倔拗，而自毀了他對你的珍視。在他的珍視裡，建構了太多「你」的意義，那都是被愛的價值，而今一文不名。

你就像第三任丈夫中村說：「對不起，我其實無法把我們當成回憶，也說不出再見，我還想和你一起坐在那張沙發上，挽回那些遺失的時光。」

可他卻已是大豆田永久子：「當一個人下定決心就結束了。」

你承認自己真的很沒用。對他完全輸不起。

思慮到此，你倦極疲極，亦哀極。每晚，都是力氣潰散無遺地倒下。

沒有任何一檔夢在漆黑中開播。但在夜深到連孤魂都停止遊蕩的時候，在未開冷氣的房間裡，覆著一條薄被的床鋪上，你被渾身激顫的僵冷凍醒。如果你不在曠野，不在地獄，不是所有的鬼都聚在這裡，那就是除了意識，你的身體也慟受他的割離。好冷，你甚至必須切斷循環扇的微風。你緊緊抱住自己。好冷。你未曾赤足裸身在酷寒茫雪中，卻已體嘗那絕境的冰冽。無關緊要。

原來這就是一個人再也不想與另一個人在一起的感覺。

*

又是一頓在家的單人晚餐。

餐桌上，日式雞肉咖哩、清炒高麗菜與配蘸一碟油膏的汆湯小卷，三道菜，餐桌旁，照例一人的空蕩。緩慢地吃，猜他也該是一個人晚餐，也許佐一節Podcast，或一段影集。閃了神，你好想再做幾道菜餚，要不然簡單一碗蝦仁蓋飯也行，與他對坐著一口一口吃，聽他稱讚美味，碗空了，一起撫肚喊飽。

好像有點知道真正的憂鬱是什麼了。

你以為自己慢慢釋懷，慢慢在趨好了。然而常常，不過是出門買物、取件，行程簡單，卻直想多快幾分鐘躲回家。有時，幾日平靜，便又連兩晚躺下來就淚滾，涼了雙鬢，醒來眼前就湧起一片糊糊的霧。白天只是坐著，剛想到他，就忽然掉淚，整個人沒有意識地被一種酸，一種沉，磨著絞著拖著。成天昏倦，多數時間都空洞失神。低靡與絕望從來沒有這樣像從心底茂長的雜草，被你自己的淚水灌溉，除多少生多少。反覆不休。

如此的不由自主，是憂鬱了？

或者，你非憂鬱，只是不快樂了。

某天上午，男藝人捷運站共構大樓墜樓的消息，鋪天蓋地。看著事件報導，種種分析與回顧，胸口揪得很緊繃，你為了男藝人哭，但似乎又像有了一個好好再痛哭釋放心理壓力的理由。「他為什麼要這樣？怎麼可以捨得下？」不停在腦子轉，但卻又好像能體貼他的辛苦，為他的放下——無論是什麼，感到一絲欣慰。

你誠實讓他知道這些低落迷惘，並非要咎責，或讓他擔心，如果他會。你也不期待他會試圖做什麼，你知道他不想做，且做不到了。只希望他尊重你，別背著你偷偷訊息其他共同友人，你不想因著難堪或疲於應付關心而不得不躲得更深。如果這是你非要經過的折磨，你想要一個人撐過去。

你一直告誡自己，他已經是不值得你這樣顛顛倒倒，消沉失魂的人。但那要怎麼壁壘分明？人的感情與情緒是攪散的色譜，不是乾淨工整的色塊，就像如今你為了他而哭，也有相當程度是為了自己而泣。沒人憐你了，你只能憐自己，而那畢竟又是互為因果的糾纏不清……

*

週日早上，父親去公園晨走前，在房門外輕語，要你稍晚些時間上樓察看一下母親的狀況。應該是昨晚忘了服藥，一起床，嚴重的高血壓發作，站不穩，更甭說行動。父親攙扶母親如廁，讓她服完降血壓的藥，現下又躺回枕上歇眠。

父親前腳出門，你便輕著步伐去探看母親一眼。均緩的呼吸，寬鬆的眉頭，靜靜看著母親睡得安穩，提懸的心才落了實。

返回房間，腦海忽忽浮現他們一對垂老夫妻相互依持的畫面，眼眶無預警地酸澀濡濕了。毫不意外，這段時間內心那空乏的坑洞，跌進幾粒石，泛起了悶沉回音。

他不需要你以後，你也沒有被需要了，無憑的孤獨，是自己的一切枝微末節無人知曉。他原是你沒有顧忌的寄託，但他珍愛的盒子已經清空，你已經不是他理所當然的收藏。這些日子以來，情緒的波浪動輒滿過額際，淚水不停像夏日汗水，乾了又沁，但哭得再可憐兮兮，也沒有誰要疼了。

午後近黃昏，臉色明顯憔悴的母親，覆述晨間簡直驚心動魄的天旋地轉，納悶著才誤了一次藥，怎麼就症狀激烈。母親也談及晌午獲悉消息，親近友人的妻子秀珠阿姨，在家突昏厥倒地，緊急送醫，發現腦部血管斷裂，判定腦中風，人正在手術室裡搶救。母親好不憂傷地感慨，她人明明平常看起來就健健康康的……。你靜默聽著，心裡悵然，深深祝禱著。

不知話題怎麼就一陣風轉，母親彷若漫不經意地探問：「這馬拜六禮拜那攏無看你去揣伊？」終於還是面對這個問題，然而來得猝不及防，你胃裡一陣翻騰，過去週末膩在一起的況味，化成瀰漫的氣息熏得你滿腔窒息感。避開抑著溫燙起來的眼神，淡淡的，你只能淡淡的搪塞一聲：最近很忙。當下是惶恐母親繼續追問的，但謝謝無名之神的憐顧，母親只是頓了頓，便不再吱聲。

時不時，你還是反覆的想，他要把重心放回自己身上，所以決心離分……難道兩個人一起，他便無力追求自己的夢嗎？為什麼一定是放棄一方，才能成全另一方？若真的是愛的，怎麼就無法一絲妥協、一毫調整？

是你迷糊了。那非原由，而是結果。在倆人關係裡，你並非全然無過無辜的受害者。

回憶變成永不匱乏的寂寞，如斯憂美。始終刺心，很痛很痛的，已然不是過去牽過手的種種，而是問還有機會嗎？他輕易的說，我不想。是求他別轉身而去，他堅定的說，我不要。是他不願時刻待在你身邊，已經無懼丟棄伴侶關係，能對你毫不猶疑地一再搖頭了……

他依然會與你對話，對你笑，但淒楚絕望的是，話語圈圍起的封鎖界線，一線之隔卻是很遠的疏離，而那明明是給你的笑顏，卻澈底不是同一個意義的笑了。

世態多變，還尚存遺跡，心變了，原來才是真正的消失殆盡。

*

時光真的不會停頓嗎？

那午，他說了你是他胸口裡的洞，擲出種種累積未解的艱難窘礙與課題之後，數月已逝，你以為跟著日子，多少磕絆著前進了，卻每在想起他之際，體察自己其實仍泥陷彼時，寸步未移。

輯五

舊愛那麼美

東京絮雨

1

踏出門，空氣滯膩，濕意迎面撲來，午前晴和的上野恩賜公園瞬間遙遠得像是一段朦朧的記憶。

幾次拜訪東京，沒規劃一遊，便總是錯過那一大片廣袤的綠地。文化藝術的博物館、美術館；休憩娛樂的動物園、咖啡屋，經過擘劃，熔冶一區，週末洶湧熙攘的人潮如綿連的浪，慢速播放影片般地四面匯來八方退去。

雜技藝人占駐方寸地，賣力耍弄著技倆，眼前空落，沒有觀眾，他一個人，依然嘶聲扯著嗓門企圖吸引來來往往的目光焦點。表演到了高潮處，走遠的人回頭傳來稀零掌聲，響而不亮，表演者的孤寂就在那距離裡，蕩漾，擴大。

在這片人們匯聚的城市海洋，每棵鬱蔭的樹木都是一座島，歇靠的人是一葉葉泊停的舟。晃蕩後，我們也在一塊島岩上憩坐，手邊沒有咖啡，就假裝嗅到對岸的美式連鎖咖啡店飄來隱約香氣。側旁廣場，施工人員正為一場活動忙碌布置，帆布棚架搭在一疋又寬又長的鋪地布料上，那清爽的湛藍，日光下汪漾汪漾的，就像是蠱著人抱膝一跳的游泳池。孩子們愈來愈滿的歡笑與哭鬧溢出了動物園的牆垣，一臉倔強的柴犬頑抗著主人手裡的牽繩，充分表達還不想回家的意志。

透早的清涼悄然離場，微熱薰風躡步來替。

夜間飛行後的生理時鐘快撥到（或是停留在）睏倦的暗暝，睡意像搖搖擺擺的醉意，時輕時重，偏又捨不得就閉上沉沉眼瞼，這一天還如此年輕呢——然而，睏意揮著招魂的旗，把人招得渙渙散散，終究敗下陣來，被招回了宿處潔白的床枕。

偷點小眠，勉強攢回些精神，這天色竟就愁雲慘霧了。後來這場雨如絮絮不休的嘮叨，毫不客氣地斷斷續續落了將近七十二個小時。

2

晨灰黯，濕氣懸浮，還沒凝重成降墜的雨滴。

下町神田區的商店大街還貪鼾著，居酒屋的拉門半敞，空空的桌椅，愣等昨夜酒酣耳熱的喧騰再度響起。

舊時的咖啡廳依然在舊時，好像時光也眷戀那飄逸的醇香，所以總是只在門外徘徊，不去打擾。狹窄的空間，有絲侷促，卻也圈起了一室溫馨氛圍，左側是結帳櫃檯與吧檯，右邊是低淺的開放式紅色膠皮卡座，兩造相面，像是方便品咖啡與煮咖啡的人彼此分享手裡那杯馥郁滋味是怎麼來的，又是如何被啜嚐的。

一早店內已是七八成滿。吧檯內，銀髮花白的歐吉桑俐落操作著三四具虹吸壺，兼烤吐司，一派輕鬆，游刃有餘；外場從客人進門到離開的一切瑣務，則由身穿針織衫外套，聲嗓纖緩的歐巴桑利索地一把罩。只限內食的海苔烤吐司是最為人稱道的鎮店之寶，四十載歷久不衰。趁著溫熱一口咬下，外酥內軟，齒頰間除了微微淡淡的鹹甜香，再無其他多餘——如果純真也有味道的話，大概就是這款了。

播送的背景音樂有點年代了，但有點模糊了是什麼樣的類型，純樂曲或有唱詞？總之不是讓人緊張兮兮的節奏。牆面四壁，泛黃生皺的畫報，猶如印刷體的手寫餐牌，色彩雖褪薄仍可窺其富麗的全手工繪製店招廣告，安穩貼著掛著，好像日子儘管持續前進，歲月卻在這裡停止更新。

在桌與桌話語的沙沙窸窣間，嫋繞的煙霧如卷積雲般漣漪漫開。雖然侵擾的辛嗆讓我深蹙起眉頭，但那瓷白的菸灰缸，方塊菸盒上一只鋥亮的打火機，男子或女子肘支桌面，指間一截星火的閒懶姿態……在這樣懷舊的所在，如此情狀無疑是迷人的復古浪漫風情了。

烏暗的天還是哭了。建物型態的關係，在東京不若臺灣街邊輕易就有騎樓可以暫避乍然的雨。遇風向紊亂的時候，打著傘也會濕身，最好的辦法是覓找鄰近的便利商店，或者地鐵站躲去。

佇立咖啡廳門外紅白條紋的遮陽棚下，望著濛濛雨境，多少感覺無辜且掃興。可是生活裡（旅途上）每個當下，快樂或憂鬱，都是不能復返的某一刻，我想就別浪費在煩惱了罷。

3

東京是一隻龐然的巨獸，嗜食著每個旅人行走的步履，永不饜足。澀谷街頭繁忙壅塞，人群的移動皆呈大塊豆腐狀。路橋上看去，一朵朵密密麻麻張開的傘，像是海面上浮沉的剔透水母群。

許是因應後年將要舉辦的奧運會，多數主要地鐵站都在進行大規模改造工程。原已阡陌交織的網絡，如今更成了路線銜接邏輯的終極大考驗。雖然有Google Maps當作浮木依恃，但它只管點與點的轉乘距離，之間的曲折可就愛莫能助。時不時，我們這兒錯繞那兒碰壁，就像在險惡地道裡找不到出口，迷途的花栗鼠。

以往總認定地鐵便捷，這回在一趟權宜的機會下，搭上公車，卻體驗了其更強的機動性。隨著想去的許多地方，位址僻處，離地鐵站太遠，澈底非我孱弱腳力所能負荷，但若從公車站牌算起，即使不近在咫尺，也僅僅數百公尺之遙。光憑這點，仰賴公車行動的比例自然大幅提升。

要搭的那輛公車比班表預定的時刻提早來了，我們還在人行磚道上喘噓噓趕著。眼看它停靠，有人下來，等候的乘客也一個個上去了。但車子卻遲遲未動。我們顧不得疑猜，一顆心懸擺著加緊腳步。終於趕及，哐啷投了幣，同時也發車了。瞥瞥腕錶，正好準點。慶幸不必在偏郊地區枯等三十分鐘後的下一班車，也深覺這樣不到時間不駛動的嚴謹態度真是分外やさしい（yasashii）啊。

公車一站一站，穿行在大街小路。離開地底的列車，窗外緩緩流動變換的地域景貌，讓我除了形象輪廓，又更廣泛深入地貼近了城市的肌理。在只比一般巷弄稍寬的路口處下了車。經過的喫茶店前正排著為了一碟烤布丁的人龍，賣咖哩飯的餐館過午一時才會營業，白牆面的五層樓寓旁幾株紅粉薔薇花靜靜垂綻……前方左轉，想去的書店就到了。

4

九月底那幾天的微涼像柄軟毛刷，在皮膚上輕輕搔癢。

持續的陰霾細雨，整座城市濕淋淋，偶有空檔，卻也沒來得及乾透就又濕了。就像眠床上的被褥，除濕機鞠躬盡瘁努力運轉再久也還是能擰出水來似的。

猶記以前，在東京隨身必備護唇膏與乳液，特別乾燥的氣候讓我飽受嚴重鼻尖脫皮、唇瓣龜裂之苦。過去太乾，現在卻太濕。少了皮肉困擾，多了些不便的麻煩來惱，所謂有得有失，這簡直是教人哭笑不得的體現了。

雨初歇，暮色將盡，公車在代官山堵擠的車陣間且行且停。斜前座的男子翻閱《讀賣新聞》翻到盹昏過去。後方聊天的婦女，抑揚頓挫的語調非常舞台劇。

剛剛上車那對男女羞赧拘禮的模樣，多麼像是第一次的約會。座位已滿，下一站停靠的提示燈號已經亮了許久……

一片冶紅的煞車燈光把窗面殘餘水珠映得霓彩炫爍，我看著出神之際，你說起晚餐想再吃一遍百貨公司地下食街那攤讓人吮指回味的鹽味唐揚。

舊愛那麼美

七點鐘。區間車上，有人呵欠，有人吃早點，有人埋首手機，也有人就愣怔著，但一樣的是都還有在床寐間掙扎過的痕跡。

星期六的清晨，雲低，像是厚重的瀏海蓋住了城市的額頭。平時上班的時候，太陽同樣賣力工作，休假了，它竟也就心安理得地不見蹤影。

轉乘高鐵抵達之後，搭上接駁巴士驅往市區，沿途密密叢擠的甘蔗園一如肩背挨靠著的乘客們。我們討論起一些地方城市的代表性產物，然而對於初履的此地，我只貧瘠地認識雞肉飯與方塊酥。

車子一路順暢地經停過幾站。一位阿公可能百無聊賴，也或許一時興起地對身旁始終駐望窗外流景的童孫：「你家己一个知影按怎返阿嬤厝無？」小男童的翹長睫毛眨巴眨巴兩下：「現在不行，以後二年級了應該可以……」漸弱的細聲，顯示了沒有把握的猶豫。

這裡的日光露了臉，有些含羞帶怯地，是溫溫的和煦神情。十一月了，夏天的尾巴還在城裡輕輕甩擺著，我摺在背囊裡的長袖子於是有點滑稽了。

*

巷路通達，少有衚衕，就算小小迷失了也不必慌張，左彎右拐，總有蹊徑。不一定是條衢肆，普通的民居巷弄，從頭到尾，卻時有餵飽肚子的生意。這邊麵餅煎得酥香噴濺，那端一鍋肉湯熬得油氣濃膩，再過去一點的攤子鋁檯上，炸得金脆的魚頭疊了滿盆。

我們繞著轉著——在不是非要去哪裡的這裡與那裡之間。有些路段，交通號誌燈位置微妙，形同虛設。有一處環型寬道，大車小車集中匯流，像拉起栓塞的排水口，明明紅燈停、綠燈行，有好幾回卻得在對燈號視若無睹，沓沓不斷的車來車往間逮到空檔縫隙，才得以穿越而過。即便不算險象環生，也夠驚心膽跳的了。

這兒絕非暮氣的城，老屋舊寓卻是常見的景物。那些房子，有些老得嫻靜幽雅，有些舊得邊幅不修。它們可能再度被利用，如遍地爭鳴的咖啡館，賦予亮麗新貌，也許就繼續自己不被打擾的孤獨，殘而不破地浸染世間風雨。

外牆用芥末黃、赭黃與卡其黃小磚片漸層鋪貼而成的小兒科診所，是一幢七〇年代風華的三層樓寓，身形線條圓融，含蓄而恬美。裡頭掛號窗口還有護士守著，門前懸掛著兒童接種疫苗的宣導布條，醫師也許有些年紀了，但必然還沒打算摘下聽診器，享受退休的日子。K讚歎那屋子在無情流光裡活成了最美的靜好歲月，N喃喃念想起那是與老家如孿生般的一方所在。

羊徑裡，街道旁，許多家戶前，點綴性地擺了盆景植栽。那些花草大多整葺得很好，卻難免待嫁姑娘的矜持神色，偶然遇逢過幾次垂瀑般鬱豔的刺仔花——那不受約束，自由的野氣，其實才更加吸睛。

＊

有些花，不開在路邊，卻是凝綻在方磚上。

腳步輕盈，百年古厝的花磚博物館新貼的木皮地板還是踩得出嘎吱聲響，像年邁的膝關節。

復刻版花磚，在狹深挑高的牆面上井然排列，亮麗新穎，像舞台上睥睨著粉絲們的巨星。它變身扮演著徽章、杯墊或磁鐵等各式角色，努力創造存在的價值。被搶救下來，仍嵌在斷垣泥石的老花磚，曾經是多麼意氣風發，門楣邊，瓦頂上，桌椅床笫間——哪裡都不可或缺它細緻丰采的妝綴。如今蹲踞在牆角屋隅，雖不必流離失所，不再雨淋日晒，卻到底躲不了漫漫懸塵。

難說新顏好，但我說舊姿美。新豔的螫目，舊樸的澤眼，時光澱積飽盈的溫潤，沉濁的色度，即厚度。那可能是雜質，也或許是傷痕，但就像一個人的成長，總是要歷經了什麼才會更貼近、並展露自己真正的模樣——磚瓷上的嫣花，也要像開在荊棘滿布的故事裡那樣，輾轉過掙扎冒險的重生歷程才會格外生動好聽。

K提及伊斯坦堡的花磚是另一種截然不同的風情，N便溯憶起行腳里斯本時見過的，氣味更加強烈豐富的圖騰印象。

門邊地上橫亙的一排白磚面上捲起的水藍色勾引了目光。原來，花磚不一定只開陌上花，還會洶洶奔逐起夏日海邊的小碎浪花呢。

*

嘉義有座阿里山，那裡有奮起湖，日出雲海，鐵道小火車，還有樹。

我忖度，愈靠近山的地方愈是珍貴綠植罷。城中除了老屋，就連老樹也特別多，且粗實。扎土的錯節盤根撐挺起虬壯樹身，延展的枝幹就像是在振臂呼號，盡情盡力。如果這裡的矮房子都可以從容安身，樹木又有什麼道理不能自在立命。

屋牆一年一年漬斑，枝葉一季一季換衣，似雲靄的變幻，都只是聽憑自然而已。那舊，不一定是衰老，卻是一種美，就像某段獨一無二，不曾忘卻，耽戀的燦爛記憶。形容懷舊其實粗糙，我以為是惜舊的心意——人們深愛著平常日子裡彼此相伴的平凡物事，他們該是懂得那些美好與存在，換之以流年韶光，多麼難得，那麼不易。

有時多雲，偶爾樹蔭蔽，即便日正當中了，這探那訪的，也只沁點不透衫的汗。手機裡的地圖APP再精進，找路都難免要一時半刻的迷糊攪和，就像酒醉的人怎樣也無法正中紅心近在眼前的家門匙孔。不曾走過的路，大概都有闖出來的況味，願意多留心一眼的，就會是一個意料之外。

那座氣息神祕的植物園便是一次不期而遇。

偌大的園子很低調，有種藏匿的姿態，由外道繞入頗生「柳暗花明又一村」之感。雖然掛了大幅名牌，但洩露形跡的卻是那一大片野竄出牆頭的茂盛樹叢。接待處的大姐，笑容可掬，黑白參差的長髮束成一把鬆散的馬尾。她不僅詳述了遊園的規定守則，還從櫃檯處追至門外，只為了提醒我們叮人的小黑蚊有多貪婪兇狠。園區極靜，不見遊人，最喧囂的是任其生猛勃發，漫溢的莽氣，還有吠告我們不准侵門踏戶的白狗、黑狗，一群狗……身旁的N忽然冒了一句：好像到了「犬之島」哦。

離去的時候，有位老者悠緩著步子散策而過。漁夫帽，格子衫，筆挺長褲，為了他沉穩的文雅氣質，我們臆論起是遠道日本的旅人呢，抑或有名望的在地仕紳？

＊

才午茶過，飢餓感卻又來襲。彷彿精緻的糕餅咖啡只填了牙縫，沒有照顧到胃袋半分。

天光剛剛捻弱，暮色還未成熟，馳名的文化路夜市上，各個攤子的鑊鏟已炒得火熱，淌泛的香氣交相混雜，覓食的人、四溢的氣味都擠在一起摩肩擦踵。

店家前的人龍一串葡萄似的，一個纍一個。時機早，不如趕巧，發現店內還有一桌三凳，立馬一屁股坐定，呷飯皇帝大，完全的事不宜遲。內場服務人員像枚陀螺轉來轉去，不用筆記只靠耳朵速記，總是問了這桌回頭就忘了彼桌，於是常常就從一派應接不暇演變為氣急敗壞，都不曉得是在怨食客或惱自己？一位繫著頭巾的老婆婆與我們確認餐點，來回三趟，最後尷尬自嘲：年紀大嘍！拌一瓢鮮甜雞油的雞肉飯，米粒微黏，肉絲嫩，配上清粿湯、兩三碟涼菜，簡單幾樣，就吃得齒頰生香，肚暖飽。

天暗透了。集市的攤燈一盞盞煦煦亮起，燦燦連延彷若一條星河流域。轉進來時岔徑，外面的嘈鬧如遠遠退去的潮水。再拐個彎，明亮的食堂內一片空蕩，像停格的電視畫面，對面賣雞蛋糕的小推車左右依然圍繞著等待的客人，我們經過，若非才飽餐一頓，大概就去湊興嚐鮮了。為了美食排隊，好像不該是旅行中該浪費的時間，但似乎又是在旅行時才會有閒逸去做的事。簡直矛盾情結了。

＊

推開飯店高樓的窗門，晨風拂來，柔柔軟涼，惺忪的蟲子紛紛從目瞼上摔墜。眼下高高低低的樓房，幾乎都頂著擋陽遮雨的鐵皮帽，有些簇新，但大多是鏽灰的。一旁拍照的N，放下手機，指指瀝青路上白色瘦長的「慢」字：那是道路體。

因為高度拉開的距離，路上往來的車輛全失去速度感，反而有了動畫的效果，看著看著也饒富趣味。此刻站在高處，城市是立體的，卻只剩下有限的廓線，沒了細節；昨日一天的城區遊走，是平面的涉入，雖有所遇，有所不遇，但每一處都是現場的觸及，真實的體勘。

今天我們還要繼續走。

過大街穿小巷，看屋，看樹，看時光自得的安靜與喧譁，看這兒有點新意又不乏舊情，風霜微微的模樣。

自轉京都

在京都，大街小巷，遠山近水，踩著自轉車（日本的單車稱呼）的兩圈輪子，逍遙自在到處跑。在居住的城市，我連單車都沒買，當然與有便利的 YouBike 沒什麼關係。膽小鬼也好，缺乏冒險精神也行，我就是覺得這城道途險峻，怎樣都無法輕易肉身包鐵，瀟灑上路。京都騎車，無涉勇氣與否。棋盤般縱橫的巷衢，無垢岑寂得面無表情，為著這無情，我反而沒啥可憚可忌。

基本的交通規則自然有，但在京都單車穿梭大抵是隨心所欲的，除了人群稠密的商業大街，可謂暢行無阻。行人會靠邊閃避，汽機車會停駛禮讓，路面上漆寫的右向左向指標比較像是僅供參考，若是兩方迎面相逢了，也會默契地將近之際分流擦肩而過。

總是五月，溫度是將夏未夏，乍暖薄寒。就像一首長詩走到情緒的灰色地帶，轉折之前，都是曖昧。

我在安寧的午後踏車漫遊，像踏在鋼琴鍵上地踏響了風。風揚起衣袂髮梢，也飽鼓了心情，像一枚拉在手中輕輕飄浮的氣球。大概這樣，在我的意識底，京都是個總是有風的所在。

路有起伏，巷有玄機，如急弦的快板有之，更多是悠悠蕩蕩的慢行板。有時去地路遙，倦了，鴨川畔稍歇，眺山望水，軟軟足筋。無一絡雲影的晴空，很高很高，太陽於是很近很近，一日下來，被狠狠刮過的皮膚紅豔豔，像是出痧。

穿過人家的日常，門前的綠葉紅花不為陌生的騷動驚訝，倒是我未曾相識的眼光纏纏綣綣。偶爾匆促一經一瞥，念念不忘，折返想用相機替花顏挽住時光，焦距還在猶豫著，嵌毛玻璃的拉門，猛地一開，嚇得我這「盜攝賊」差點魂飛魄散。徒勞地裝作沒事沒事，趕忙跨上車就逃，心裡緊張著人家可別掣帚來追。明明既不竊擷，也沒褻玩，但那種被「逮個正著」的心虛感，仍然讓人莫名羞慚。

記得一次，那是在左京區，往銀閣寺的途中。杳無人跡的社區該有的規畫都有，一眼望去卻只撲來空空落落的感覺。像是一口井洞，不必探，便知其深。社區占幅的廣闊，讓它的曠廢感愈發幽邃無邊。荒草孱短，風吹不動，而風孱弱，連鞦韆也不搖。溝渠奔著長長水聲，樓寓晾掛衣褲如旗幟，布告欄的消息還有更新，那裡並不是個被棄守之地。可是它怎會那麼孤僻，不乏人居卻沾不了人氣？我加速離開，不想讓那深刻的疏離氣息擄擒。

偏郊地方，駐輪（停車）從來不成問題，但在繁榮鬧區可就傷透腦筋。百貨大樓旁的巷道裡清楚張貼了「駐輪禁止」告示，卻仍有數輛車子老神在在偎著牆邊欄杆停放。貪圖方便就起了投機心態——反正人家沒事，自己又怎會例外？然而厄運真是一種莫非定律。滿足了購物慾，兩手提著顯赫戰績，孰料，才出門口就大驚失色。遭鉸斷鎖鍊的單車被抬上拖吊大隊的卡車，執行人員鐵面無私，任憑費盡唇舌好說歹說，只差沒跪求，對方只一貫堅持必須按照正常程序繳清罰款才能領回車。一番表格手續的折騰，繳了近四千日圓取回兩輛失車，笑慰自己花錢能抵銷的災都不算災，甚至還是小小幸運的！

一次教訓便學了乖。此後，在京都，依舊喜歡在豔日下踩著單車攜著風，遠遠近近四處走，只是再也沒膽子胡亂停車。

逛動物園的鴨子

那天，一早就到了動物園，開放不過十來分鐘，湧入的遊客已經不少。然而，回想起重啟開幕那陣子動輒繞了好幾圈的人龍盛況，現在可算是「門可羅雀」了吧。迫不及待的小朋友拖拉著父親或母親的手直想往裡衝，似乎慢個幾秒鐘都是浪費了這不平凡一天的極大罪惡。

早在一九三六年開園，臺灣現存原址最年老的動物園，換披新裝，磨磨蹭蹭，終究來唔。土生土長在新竹，市立動物園必然是童年不會錯過的樂園，但我對它的記憶其實並不深刻——翻箱倒篋過想找出一張也許已經泛黃，或者失焦而模糊不清的相片來具體化回憶，卻毫無所獲。印象都是彷彿的，腦海裡約略有個輪廓，但缺乏情感寄託的嫁接，這方無異以脫胎換骨規模整頓成就的新地，在任何意義之上，於我，便都是新的了。

夏天燠熾，烈日烤人，背上沁奔豆大的汗潮，像猴子幫同伴捏抓身上抓不完的鹽粒。動物們都不用籠囹圄，改以柵隔離，有限的開放代替牢獄般的封鎖。

繞逛園區內如肉桂捲一圈一圈環狀路徑，沿途嵩齡大樹，叢簇的蕨，鬱鬱綠意，自由勃發，那股子生機啊，真是野。有風來問涼，卻僅是偶然。實在是熱慘，老虎河馬趴在蔭下、浸在水中，都在睡，側倒牆邊喘促著大氣的馬來熊更是一副生無可戀的哀戚狀。不過，太陽再毒，一心一意在埋首啃草的矮種馬、伊蘭羚羊、黇鹿、鴕鳥與長鬃山羊擺明不惜中暑也決計不能扁了肚子。

兩道石柱上一雙獅子與長鼻昂揚的象首的二號出入口，對我來說，是動物園最初也最具代表性的形象。牠們仍在，雖已褪了彩度，但看著不是樸素，卻是經典的況味。鄰旁仄矮的石室也維持原樣，不過閉緊的窗洞再也不售票了。

頂著小黃帽，汗濕的髮像小蛇扭曲貼額，胸前掛著水壺晃呀晃的幼稚園小童們，成群結隊，嘰嘰呱呱地經過身邊，像一群張著翅羽、擺著小臀，放風的鴨子。

笑看他們被老師前後包抄一隻隻逮回來聚攏，隨即又崩潰四散，我想起好久好久以前啊，我也是嘎啦嘎啦的其中一隻。

胭脂

電影《羅馬假期》（*Roman Holiday*），像一首青春戀歌，讓妳輕輕哼起沉寂許久卻未曾遺忘的音符。

匆匆，韶光已遠。就像桌上那杯，妳目不轉睛在螢幕中而忽略了，涼去的冷茶。

如今，妳皺著曲折的紋，詫呼奧黛麗．赫本（Audrey Hepburn）其實早已見識過的纖瘦腰肢，是否，妳亦遙想起當年自己也有幾近二十三吋的婀娜？妳說，那個年代女人的風情，男人的魅力都是真實的，沒有虛構的嫌疑，不純粹的成分。剔透的琉璃工藝般。妳還想起了曾心生嚮往的美人典範，嬌滴滴的亂世佳人費雯．麗（Vivien Leigh）。其實，只要翻開每冊厚厚的，夾著記憶，封存著妳渾然天成的窈窕美妙的相簿本，亦可供憑證。

劇裡情節已褪淡，如一紙陳舊薄脆的傳真，演者肢體語言，輕巧幽默，卻仍逗得妳一如既往的咯咯呵呵。我想像，芳華香盛的妳，笑聲也許更無憂無慮、放肆脆亮？而戲院裡，分享過妳彎彎眉目的是情人友人，還是親人？妳的回憶繫上了線，愈放愈長，不是風箏，卻是魚餌，誘釣在城堡窗台邊托腮少女，祈盼萬水千山翱翔的綺麗之夢。我不禁猜，妳緩緩變得朦朧的眼神裡，那黯黯的，是光陰的剪影，還是遲來的寂寞？或許，是以為已腐朽的心事，竟又如蛛吐絲，織了一整片透明的陷阱，黏膚纏繞，揮之不卻，像是熨烙，卻又無痕無跡。

黑白畫面一格一格在走，妳的十七歲也娓娓在耳際迴盪，像一張復刻的唱片。晶雪飄蕩的旋律，吟誦著羞嫩的舊日繁花。已然斑駁的陳年胭脂，於妳腮邊唇畔又隱隱纏綿，一張在夢中再次生豔的花靨，如嵐煙，如夜霧，如遠山之間一抹乍醒的晨曦，流光重來的煦燦奇蹟。在妳嫁作人妻，成為一個母親以前的一顰一笑就是如此模樣了嗎？——自與妳相識，老照片以外，我未曾熟悉的美麗。那是遙遠的她，也是此刻的妳，平行的軸線上迎面相逢，我都一起懷記。

近七十載永誌不渝的浪漫故事，妳眼前該是另一番動心景致罷？記憶是一張布滿孔洞的網，我揣想，篩剩的，都不會是過不去的艱難。然而，慢慢慢慢，妳靜默，不言說，像偷偷掩埋樹下的餅乾鐵盒子裡，誰也不准窺伺的年少祕密。一場已經不那麼甜的老電影，讓妳在內心用思念的雙眸翻看收藏的快樂悲傷，泛鏽的紀念。歲月的甕，斟了一盅醇釀，有些酸，有絲澀，微苦，況似感傷的滋味。妳舉杯，淺酌，一口溫習，一口徘徊，一口慨歎，漸也酩酊了。

電影落幕了，安妮公主的假期譜下休止符，妳也抵達時光隧道的出口。恍惚一陣，妳似是想起了什麼地，「兒子，什麼時候找《魂斷藍橋》來再看一遍？」

我知道，那是費雯．麗主演的。一九四〇年上映。*Waterloo Bridge*。芭蕾舞伶與陸軍上尉的淒美悲戀。

電影是一面永恆不老的魔鏡，只要在它面前坐定，不必問，妳就又是那個蜜蘋果般沁甜的少女。

不爭

父親成長在努力勞作才得以溫飽的務農之家。

就僅僅是溫飽，貧寒仍然是父親童年的底色。身分證上註記的出生年分是民國三十五年，但應該是有誤差的。那時農忙，孩子出世了無暇報戶口。一拖，拖到後面幾個弟弟都接力報到了。直到要上學了，就算是懷胎九月的親媽也迷糊掉實際上是哪一年。日期呢，乾脆就登記為一元復始的一月一日。

父親有十個兄姊弟，但有兩個才出生便不幸夭折。前面的兄姊全都跟著爺爺奶奶種田去，排行老五的父親是家裡第一個可以上學的孩子。實在太窮，小學勉強念完，就甭提繼續升學了。

家裡最尾巴的么弟上初中時，父親已經離家當學徒，習技藝，打工賺錢。

也許是想彌補自己當初欠缺環境與機會的心理使然，父親待弟如子，對小叔叔的栽培從來不遺餘力。學費一路負責到大學畢業，還幫他無償給付了第一間屋的頭期款。年輕的小叔叔很聰明也很爭氣，考取書記官，吃公家飯。及至娶妻生子，成家了，對於父親的感念無一刻或忘。小時候，每逢農曆春節，我們最豐厚的紅包都是從小叔叔手裡領到的。

可是，就像盛夏裡毫無預警的午後西北雨，人心說變就變，無論是被慫恿挑撥，或自身失控的貪欲，小叔叔竟恃著對法律的嫻熟，並利用父親的疼愛與信任，暗地裡偷天換日，將父親名下的屋樓變更過戶成自己所持有。

被欺瞞的父親，痛心自是不在話下。之後堅決多年不退讓，對簿公堂的纏訟，其實並非父親不甘受騙或損失，而是他不忍也不能眼睜睜已無田可種、孤身未婚又無恆產，獨居在那間屋裡，排行老四的親哥哥被迫離開熟悉的地方，遷住養老院。父親對小叔叔並非東窗事發就撕破臉，而是保留可以商量的餘地。房子可以給，但唯一條件是不能趕人。但小叔叔對那房子會起心動念，本來就存有另作他途的意圖，好容易真正得手了，又豈會改弦易轍。三番四次的好言相勸，軟硬兼施皆換來無動於衷，父親只好百般不願又不得不然地，將自己的親弟弟告上法院，為哥哥爭一個安穩，為自己求一個公道。

那事已是陳年舊往。

到底，父親不是一個惡狠的人。

後來，父親不爭了。我想，父親是無法再面對小叔叔明明錯了，卻一副俯仰無愧的態度。那種無奈與沉痛，父親不願意也沒有力氣反覆嘗受。房子就算了，四伯父無奈下覓得一間距離老家不遠的養老機構搬了進去。父親除了擔負起部分基本費用，還三不五時會搭著公車去探望，陪自己的老哥哥吃頓飯，散散步，說說話。

迄今，記憶所及，父親私下對小叔叔從未有過難聽話的批判，最多也不過就是幽幽一歎：「想袂到伊是遐爾無天良的人。」

找茶

三人約在捷運站集合，等另一同事W與他識途老馬的父親開車來接。

天色不如氣象預報晴好，悶悶不樂，有絲怨霾。每次為了網頁的情境素材外出拍照，類似的狀況，屢試不爽，卻無法司空見慣，規畫好的時程，不是一個人的獨旅，閃個念便能改弦易轍，心底總祈盼老天施點慈悲。

車子在清早的上班車陣中踟躕一陣，才駛出臺北盆地，天氣像沉冤昭雪，鬱鬱寡歡鬆了眉，穹空朗朗，像沖了一場爽快晨澡。

公路暢順，過了石碇，入彭山隧道，調頻廣播斷續飄忽的歌聲唱得磁性沙啞，我們交談的語聲嗡嗡似耳鳴，一撥一撥灑過車窗的黯淡光影，撲朔迷眩，彷彿正奔赴的是凶險禍福未知的將來，很是電影感。隨著車速穩定前進，上下照明燈一盞盞沿著隧道延伸的弧線，像扣咬密合的拉鏈被溜滑拉開，急著要脫掉厚重的城市外套似的。

由坪林交流道附近轉切山道，不過輕巧一個彎，脫塵拋俗，連導航也失去準確的基本判斷力，好像那路是《哈利波特》（*Harry Potter*）裡葛來分多塔樓的梯，不停浮動變移。愈往裡盤旋，泥房磚舍愈罕少，人煙杳然。近在道旁，遠在山坳，幾塊茶田散布，大小不一，畸零不毗連，竟也湊成恍如廣袤茶山景致。坪林濕涼氣候特別適於茶樹生長，因而素有茶鄉之名，所產茶種約分為「四季春」、「翠玉」、「金萱」等五類。四月下旬了，春茶已採收得七七八八，此行取景拍照的目的地是W父親友人家的茶園，說是還未開始作業。但所有電子訊號斷聯烏有了以後，我們澈底是群迷途羔羊。

地址抄得明明白白，一字不漏，卻不知是哪兒誤了岔了，兜兜繞繞，總像原地徒勞。來訪過幾回的W的父親，伸長頸子，望天探地，稱奇嘖怪，怎麼都跟上次的印象不一樣了，而那上次，距今十年有餘，且是別人開的車，他不過一名昏昏欲睡的乘客。

捻熄空調，降下車窗，樹冠茂密如傘遮陽，空氣蔭涼，風軟軟，渺渺潺流，不見從何而來，混著鳥吟啁啾，成了盈滿四方的立體樂聲。土路是逶迤環山的蛇身，有些細瘦段落近乎是要拗斷的折角，崖谷懸深，一個險轉就不免偷偷一口深呼吸。暗自慶幸防患未然，省去早餐，預吞暈車藥錠，否則這番纏綿山途我何以撐持？大概難逃那趟梨山差旅嘔得滿袋酸楚的狼狽重演罷。

記憶偶爾是忘了密碼的保險箱，W的父親重履故地，靈機一顫，解鎖開匣。他記得以前會有很多猴子在晃來蕩去，碰過帝雉逢過山羌，也難得偶見藍腹鷴。而我不識鳥獸，記得的是篩墜林隙的光斑似白晝裡一場璀璨流星雨，芭蕉葉像被鐵扇公主一口氣呼大，驟雨不愁的肥碩姑婆芋，還有掩在葉扉間串串鈴鐺般月桃花，開到荼蘼卻仍羞如少女，白裡透紅的姿顏。

光線煦暖，像沖泡得濃淡剛好的茶湯，琥珀清瑩，心裡焦慮起就要錯失時機了。好不容易出現一戶民宅，停下車，還沒叩門求助，膚面黧黑的婦人已先土撥鼠似的，要探不探地伸出半顆頭，乾著聲狐疑：揣誰？W捏著地址想問清楚那個彷彿不存在的門牌號碼的方位。婦人皺下眉，抿嘴嘀咕，大步跨出屋外，像枚指南針旋身一指，「恁駛傷過頭矣，這間厝佇遐。」我們齊齊抬首眺去，幾綹絲雲下，遍山林木依然的蓊蔥，沉靜。來時路仍是來時路，迷津猶然。

究竟是山之深邃教人茫，還是好滑稽恰巧湊了一車子方向感欠佳的傢伙？不停瞎闖，簡直比靠兩隻腿登山健行加倍折騰。終於又見一幢二層樓平房，門前一口方正大魚池裡的水車式增氧機，啪嗒啪嗒，撲攪得水花碎散噴濺。褐黃米克斯，齜牙咧嘴的吠，即便殘瘸了右前肢也一點無礙牠狂追我們的速度，其勢之猛烈，像是恨不得啃掉車門以表達捍衛地盤的決心。震天價響的犬哮驚動兩位銀髮老人，樓上歐吉桑，樓下歐巴桑，同時現身一窺來者。老伯洪鐘之聲一叱，黃狗嗚嗚夾尾撤守防線，我們才順利問路。亮出地址，老伯連老花眼鏡也不必，即稱是侄兒住處，離此不遠。那刻，我真滿懷皇天不負找茶苦心人的感恩。山道多歧如蜈蚣腳，用講的既麻煩又不精準，老伯跨上摩托車，囑我們跟緊，油門一催，噗噗噗地就滾塵而去。

領頭羊老伯，白髮飛張，汗衫鼓胖。這路段，至少往復過兩遍，我們詫異怎麼會又折返？疑慮才起，老伯忽忽就拐出了視線之外。忍不住地，你看我我看你，之前到底盲目什麼？幾雙眼睛竟同時忽略了就在近旁的小徑，山址還真的是過了這村就沒這店，既然誰也怪罪不得誰，只好尷尬推責那指向曖昧，純屬聊備一格的路牌標示了。

W父親友人的房舍坐落之處，群山環抱，視野開闊，從草木掩翳的羊腸道穿來，頗感柳暗花明。一抵達，W父親與久候迎前的友人熱烈敘舊，內急的捧腹直奔廁間，有人拉筋扭頸舒展腰肢，有人去追爪步躡躡的灰白虎斑貓，我被一大團錦簇吸引，那胭脂紅暈染粉橙的孤挺花，傲艷肥美，像嬌生慣養的富家名媛。主人家的黑色長毛老狗呼嚕兩聲意思意思，算是盡了顧家職責。牠搖甩著捲尾，這裡嗅，那裡聞，鍥而不捨，像是為了討陌生人一把撫弄而忙得團團轉。

宅前往低處約五十公尺，一方腹地，種蔬種果也養雞，打理井然，淡泊恬適的農家風情……等一下！茶園呢？眼角餘光一瞥，頭皮麻，心半涼。看來並非找對地方就一切水到渠成。因早些年大幅削減栽種面積，如今那爿不等邊三角形的茶田，迷你得像種來打發閒餘的消遣。猶如庭院裡掃集的落葉堆，這一塚，那一丘。若淺景深，奶糊周遭背景，特寫茶葉有絲媚態的V字形體尚勉強可行，但就甭想拍出需求的大片廣闊茶園氣勢。這境況，畢竟行前彼此溝通誤差導致認知偏差。你的茶園不是我想像中的茶園。

其實在產茶山區，不愁找不到茶景，但隨意入人園地，難免侵門踏戶的心虛，有熟稔的茶農總是方便些。然而事態既出乎預期，只能速速收拾慌亂，另謀出路。重新沿途勘巡，幸運地，很快相中一處偎在坳谷邊，層層疊展，彷彿與遠方縱橫山巒無縫相連，符合理想的茶園。

矮矮茶樹，間隔有序，一條條如蜿蜒的碧綠水溪，一排排若安坐露天劇院等待日光雲影演出的觀眾們。我穿梭狹窄埂道，像隻松鼠奔上竄下，與協助的同事如同每一次的盡其所能與可能，找好的角度截攝畫面，雖踩了滿鞋底的土，但也薄沾一身青葉的甘清氣息。那起伏遍布的蒼翠其間，一對中年男女，貌似夫妻，背佝僂，勁陽下利索地摘茶。他們絲毫不奇怪，亦未攔阻我們的拍攝工作，揩揩汗，親切一聲「很熱吧」開場白，好奇我們從哪裡來，一番閒聊話題從工人難僱、青年人返鄉困境到氣候變遷，像是興致來了，意猶未盡，倆人竟就主動報上屋址，盛情邀去他們家裡喫點心，飲盞茶。

初來雖歧途迷航，任務有驚無險告一段落，時候倒也未晚。返程，下山道旁，砌石駁坎的緩坡上，一群婦女茶葉採得正酣正熱。她們斗笠外嚴實包裹花布巾，臂穿袖套，腰繫簍子，那全神貫注，埋首勤勞身影，多麼美麗動人。跳下車，厚臉皮央求拍照紀錄。坡上的阿姨們不推辭，也沒探聽目的用途，一逕喳呼歹勢啦，卻又笑得眉眼月彎，合不攏嘴。透過鏡頭，見識她們雙手動作，彈簧靈巧，迅如閃電，不遲疑，不含糊，若採茶作為一門江湖技能，她們可真是個個武功蓋世。

平時也是喝茶的，不過都是便利商店買的瓶裝茶。對茶的認識最多北包種、南烏龍，烘焙程度一輕一重的門外漢等級，其風味到我嘴裡該是無差別的枉然浪費。我或許不解沏一壺香茗入喉甘韻的層次跌宕，但一趟來找茶的迷宮般山徑也已備嘗千迴百折了。我好奇，若不客氣應了那對夫婦之邀，他們會端出什麼款茶葉招待？而我或有機會能更懂得如何喫好一口茶。

在東京撐開一把透明雨傘

電視螢幕裡的氣象預報，顯示明日有雪。那片純白雪線蠢動著，將近未近，竟止步在城市邊緣猶豫不前。畫面鏡頭一跳，北海道已是疾雪沒街，厚衣的行路人，臉容遮得嚴嚴實實，密不透風。

雪不來，冷雨倒是不客氣地灑了幾陣。若猜一道謎語，什麼是日本旅行必購，卻不一定想要或需要帶走的物件？我的答案不疑有他，透明雨傘。若服膺莫非定律，備把折傘進行李當護身符倒也趨吉避凶，卻總像個鐵齒的人，收盡細軟，獨漏它。凡心存僥倖，就事與願違（或該說屢試不爽），抵達第一天即詛咒般被迫入手第一把傘。本以為深秋的東京降水率偏低，也不知是命中攔水或缺水，雪未凝珠的淚，數日裡，捉摸不定斷續撲成髮間額際、肩畔衣襬的綢繆雨花，於是與我有緣無分的傘又添了幾把。愁雲密布的時候，不宜室外流連，恐濕了一身狼狽不說，還要讓滿街侵占，撐了傘也抵不住的灰瑟冷肅逼得走投無路。尤在東京這樣偌大的城，那蒼涼感在人海淵藪愈是四顧茫茫，無邊蕩漾的荒曠。

東京雨時，每訪皆遇，縱然不討喜，卻如斯熟悉。不論海島漠陸，都被疫困也疫鎖了好久好久。盼得疫弱，重遊故地，些微異改難免，卻無一絲恍如隔世之情。然而，原來望眼欲穿的遙遙無期在踏出飛機艙門，化為一腔淨涼空氣的瞬間，心搏還是咚咚咚，祕而不宣的加速了節拍。就算在海關查驗護照，那名眼妝妖冶招展卻一臉枯膩厭世的美男子，懶洋洋的手指指點多於口語示意，也戳刺不了我鬆軟如棉花糖的心情半分。

晚間九點多了，對面辦公大樓的燈火通明，映亮窗玻璃上如星圖的雨滴點點。後來我和K每晚都有意無意地留心起那些不熄的勤勞，哪一刻鐘才願稍歇。窗下，是從旅宿旁出入其一地鐵站必經，一條常常熙攘，偶爾清寂的巷。

一間雜貨用品店二十四小時營業，巨幅LED電子看板高懸，霓虹字樣閃動，赤豔如不斷餵薪的熱灶。在那裡，買了兩趟分量不減，即使含了稅，折合臺幣仍俗得吃驚的柿種米果、軟糖與巧克力，也在斜角處的一爿簡素老鋪，食了鹹香粗飽的牛丼。巷道裡藏著淺短的岔弄，一盞芥末黃的店招牌在溫度趨寒的夜裡暖了眼，那晚雖已在銀座一頓大碗公拉麵，卻還是不自禁輕輕推開木框門，點餐入座，等待吧台後兩位揮汗忙碌的年輕廚子，端上一盤鬱鬱烏墨的咖哩飯。某次回途，巷半，揹著方塊書包的學童，像隻小兔子蹦蹦跳跳而過，一袋布包不慎丟落未察，K眼明手快，一把拎拾追去。順利物歸原主。懷著日行一善的愉快，繼續餘程，走沒兩步，K警覺稍前已捏在掌裡的紙套變薄了，匆匆折返尋視，才詫見一片清水模色的房卡也成了孤零零躺在路上的遺物。

*

今秋如春似的，詭譎難料，午前暫雨午後晴，反之亦有。

跟天氣鬥智，如何精算，就像明槍易躲，暗箭難防，總有錯判。由江戶時代古蹟搖身一變的北之丸公園，籠罩在一片慘澹烏雲之下，說好的陽光不現蹤影，放人鴿子。園內一條蜿蜒之徑，傍著幽謐楓林，嫩淡深濃的黃綠絳橘葉色，層層疊疊，鋪展成一卷鮮活立體的畫軸，美則美矣，但霏霏粉雨沉積的濕度吞噬了色溫，整大片的楓景，像受潮的柴，無法燃燒。不過也不是誰都在乎那點美中不足，那個短版皮衣外套，及踝長紗裙搭長筒 Converse 帆布鞋的短髮女子，架著一支手機自拍器，從楓紅下一路取景到湖水畔，掃興的陰霾絲毫不能澆停她留念倩影的熱情。那派率性自得，映顯我一肚子不甘牢騷多麼自尋煩惱。

算是首次，關東探楓，這才發現不只人有環肥燕瘦，其實楓樹也有窈窕豐腴。以關西古都為參照組，東京的楓態大多骨感。在人工感略重的代代木公園或吉祥寺更野氣點的井之頭恩賜公園，底片相機鏡頭裡的緋楓看來都不太團簇，有些道不同不相為謀，孤掌難鳴的伶仃。許是栽植密度較疏、品種單一，但也可能絢爛日光總是匱乏，難以壯其聲勢而造成我的錯覺？不管怎樣，還是斟酌視角，考量構圖，按下快門，想像紅顏與銀鹽今生一瞬的邂逅。

秋熟的銀杏或許才是東京最好的風景吧。

那會兒，明治神宮外苑如沙灘上陣列遮陽傘狀的銀杏樹，葉已稀禿，雖不惋惜，但心有無辜，並非我們遲來，而是它們調皮不守節候。此地緣慳一面無妨，彼方尚有風華正茂。城市裡，走到哪，青黃漸層或奶到油亮的銀杏，俯拾皆是，實不需拘泥眾人蜂擁的那一處。好像有人執著華麗辭藻，有人偏愛家常話語，繁盛是美，普通亦是美。騰鬧的，抑或寡歡的路旁，總見披綴落葉連綿編織的絲帶，綽約幾何，看似無心卻成飾，竟如誠迎遠方訪客的心意了。

上野恩賜公園裡國立西洋美術館旁的銀杏林，一望即盡，但樹高蔽天卻另塑一番祕境況味。飄下的葉，鋪聚成毯，漫踏其上，比泥土更蓬鬆軟呢。因為去了「村上春樹圖書館（村上春樹ライブラリー）」，我們才不期而遇遍布早稻田大學校園的銀杏。不礙事的幾瓢雨後，沒有彩虹，卻颳起促促亂風，難挨撩撥的黃葉，成群結隊從枝梢嚓嚓潑墜，在地上翻掀喊喊波浪。上下課的學生如織，從各個角落湧來，又竄進不同的樓門裡，夜市撈魚般攔了一個問路，黑色長大衣的男學生卻也頗有疑難地陪我們迷航一段。悠緩巡過一輪館藏與秋季企劃展，整體不花俏不喧譁印象，一如主人寫小說的敘事氛圍。彷彿世事恁麼嬗遞，總有個不疾不徐的村上桑在浸醉爵士樂的黑膠唱片，不為所動。順道在附設的橙子貓（Orange Cat）下午茶，入口即化的甜甜圈意圖使人欲罷不能，衝動再嗑一枚，而只啜一口濃香的拿鐵，便深切撫慰了K遭早餐那杯寡淡咖啡水蹂躪的心。欲離時，雨又襲。嫌攜傘累贅而輕便出門的我們，只好在校內的FamilyMart再帶一把透明傘。

忘了第幾個透早，甫起床，驚喜昨雨匿跡，晨光爽朗，晴空是無憂無慮的湛藍。我暫且拋了天公作弄的怨懟，敞懷享受窒靡多時，乍洩的舒暖秋陽。

穿過隸屬東急電鐵田園調布車站，歐洲中世紀馬薩式屋頂（Mansard roof）的站房，扇形池塘前，延伸三條矗立金燦銀杏樹長街，彷如旭日光芒。人行車流，絡繹著，一切卻悄然輕聲，就像繞著池邊一叢叢玫瑰靜靜綻得綺麗。社區本寧靜，烏鴉不厭其煩引吭的聒噪，又襯得那靜，分外的靜。高拔夾道的銀杏並木，抖擻地把街路拱成金碧輝煌的廊，散策其間，足履盈盈，減了些躁氣的優雅，渾然不思走多久，又將抵達哪個未知的陌址。光線攀著時間不住遷徙，在葉隙篩得粼粼，也讓強勢的蔭翳黯了神采。不只旅人駐望，路過的居民要留步，駛經的車子也要停下，舉高手機，拍住這日常裡霎時的奈米幸福。藏青運動服的背包男孩，象牙針織衫的歐巴桑，鵝白毛衣的戀侶，粗紡圍巾的紅裙女子，與我們同在一疋熠熠的澄黃之中迎面而來，擦肩而去，驀然，一抹碧綠風衣身影，拖曳緋桃菜籃車，轉出旁巷，信步徐徐，強烈的色調對比攪動，輕易就壓制銀杏滿溢的風光，成為獵捕我數格膠卷的吸睛焦點。

*

在動漫迷天堂的秋葉原，一所廢棄中學沒有被真正的廢棄，只是從教育的職責退役。完整保留的校舍建築，轉型藝術中心，成為兼容並蓄各種精神與形式藝術創作的場域。網路上查詢的開放時段未更新，抵達太早，不得其門而入。為免枯候，索性鄰近範圍閒閒遊逛。

晃過路口折過窄巷，街角那間 SHI-TEN coffee 沐在豁朗明豔的陽光裡。溫熱手心，圓狀陶杯中的咖啡，醇郁馥甘。絡腮鬍老闆沖完咖啡，嚼著溫柔日語與熟客聊天的低頻聲線成了背景音樂。我們不憂慮虛擲的時間比門窗外的行人慢調，像在光塵裡婉轉飄蕩的羽毛。回返途中，一戶洞開的民宅裡，鋪滿了便當。裹著素紋頭巾，佝僂腰背的兩位銀髮老婆婆，一巡前一顧後，操著發顫雙手務求檯面整潔。左右徘徊，捨隔壁碩大的美式漢堡，拎了兩盒豐盛家常菜色、附豆腐味噌湯的六百円便當，在藝術中心入口前方公園的煦煦日光下午餐。

公車按表定時刻準點出發，光遁隱，天暗沉，胖雲又一塊一塊魚貫出籠。雨憋著一口氣預備動作，好像等著在我撐開的傘面彈跳出完美的水花。

行程持續在天候的瞬變下顛顛簸簸。

現實生活裡有束縛的責任，剝除日常的旅行沒有枯燥的義務，見機行事，隨遇而安，所以才體會了類近自由的況味。譬若忽劣的天氣摧毀上一分鐘拍照的盤算，下一秒鐘立馬改弦易轍躲往任一間美術館或咖啡屋，好像如此一來便是不受羈絆的隨心所欲。風冽雨寒的門前還盤結著人龍隊伍，必有教人甘願痴心的理由。那パン屋（麵包店）的法式吐司，寬鬆毛孔濡透蛋液，薄薄邊皮烤得焦香微脆，清甜蜜糖配蘸鹽味鮮奶油，我不想便宜了事的稱銷魂，但每一口都讓每條神經酥麻觸電、每顆細胞震顫分裂一次。所謂美食不就是要令人如此甦活愉悅的麼。而那間店不過是某個目的地之前的臨時起意。

在東京，一閃神就是日行萬步，新樓疊得更逼天際，特色地標、個性店鋪前仆後繼，璀璨的仍璀璨，匆忙的復匆忙，清寥的還清寥，舊夢般的紛麗如昔。城廓容貌，在巴士站牌轉過站牌間變換青春與衰老，在電鐵此站接續彼站間迭移斑斕與皺褶。路人或乘客們的口罩依然遮面，拘謹形象更平添疏漠感，雖已不見疫虐高峰時期的消止停滯，曾歷的刻骨鑿痕尚未能澈底消弭，就像對告別的物事、仳離的人的記憶不夠遙遠，便不會被隔著迷濛濾鏡的睡夢取代。

疫後三年，又見東京，紛雨迎。

再見東京，且將一把把透明雨傘當作臨別贈禮罷。

在我心裡，有一個地址

到今天，我也不確定我們算不算在一起，但我很清楚彼此從未分離。與之相逢相識算是遲晚，較有深入體會瞭解，則是更後來的事了。

推想起來，緣分看似沒來由，實則冥冥已定。

小時候，家裡客廳沒有百科圖鑑、經典文學排排站的書櫃，只有占了一整面牆的酒櫃，那些不同年分、瓶身高矮不一的臺釀或洋酒，層次錯落，在暈黃崁燈的照映下，一個個就像選美舞臺上的候選佳麗。雖無書本相親，但幸好也沒從此與酒水相愛。

上了國中，受父親經營的美髮沙龍裡的姊姊阿姨們影響，我埋頭啃起言情小說。若身體裡天生埋有浪漫的種子，那些曲折情愛便是灌溉萌芽的活水。就讀高中時，偶然在學校圖書室裡看見《郁達夫全集》系列，會從架上取下一冊，並非知曉這位中國作家，只是覺得硬殼精裝的書冊很像是什麼貴重之物，手癢罷了。專注翻了幾頁，比起熱中的愛情小說，真是寡淡，不過也沒感到無聊之類的心情。消遣般的讀書，不很認真，更搆不上所謂啟蒙的經驗，但我卻因此體認自己不排斥之外，還可以沉浸在「閱讀」這件安靜的事。

在校念書的學科成績落魄不振，形容悲慘也不算誇飾，面對一天到晚的課程總是頹靡無力。最期待，是每週一次的作文課，不管什麼命題，我都可以伏案寫得欲罷不能，相較於周圍同學們的蹙眉咬筆，我一頁頁的振筆疾書，如有神助。大概是寫出了癮，停不了（又是一種手癢），我把過剩的熱情轉擲週記簿上。記得是從一篇暑期遊記開始的。頂著倒扇型髻髮，愛穿桃子色針織罩衫的國文老師兼班導，指捏一隻俗稱小蜜蜂的麥克風，一次兩次，三不五時，挑選並公開誦讀那些我在生活裡胡思亂想（其中不乏些許編造）的點滴。受到如此鼓舞，逑說的欲望正如一口被鑿開的湧泉，我甚至仿傚早已讀得興味索然的風花雪月，杜撰起情節。高中三年，投稿退稿，退了再投，屢戰屢敗，卻愈挫愈勇，摸熟了套路，竟就賣出稿子，出版了幾本在彼時方興未艾的租書店裡濫竽充數，卻自以為才華備受肯定的言情小說。我耽溺編織故事的樂趣，教科書甩一旁，考試分數不斷探底，已不識羞恥心為何物。而認定我有天分的班導師一心想我推甄上大學中文科系的願望註定幻滅。

若一張張刻寫擺脫世俗、強調純潔愛情的稿紙即我的文學，那麼文學不嚴肅、不平淡，甚至要譁眾取寵，當時我認知裡的文學多麼淺易簡單，可見一斑。看似早熟的青春期，善愁的心思、蓬勃的文思，不過是浮腫的虛胖。文學不難，怎麼會難？蘸了點虛榮糖蜜的我一度天真以為看透了文學的面目，好像他不過是個病氣少年，軟軟弱弱，任人擺布，何有可懼？

投入職場以後，許是工作壓力，可能心境變遷，曾經如扭開水龍頭便嘩啦嘩啦流瀉的文字像被安裝了逆止閥，霎停了聲息，就像抽屜裡一把把寫乾了墨汁的筆芯。有些失去讓人遺憾，有些則是驚惶。我著急且迷惑對文字的熟練怎會像少了潤滑油的齒輪般故障卡住了？朝八晚五的規律日子裡，寫作的渴念隱隱燃著，從未寂滅，然而就像一架缺了音鍵的鋼琴，彈奏不了樂曲，我不知如何遺失了敘述的節奏與勁道，捕捉不了內心拍著翅膀亂飛的文字。

於是我積極閱讀，大量地偏食地讀。那是臉皮薄又求教無門下，我唯一找得到也做得到的自助辦法。我痴想，只要嚥下夠多的字，有天就能再嘔出些什麼來吧。儘管毫無把握，但我壓根不想放手，不想與之陌路。好幾年時光，我愈來愈安於一名飢餓讀者的角色。流連那些望塵莫及的優美行文、光采熠熠的精神、不可捉摸的深邃心靈啊——文學的模樣在那段時期漸露變化，浮顯截然不同於以往的輪廓線條。

最初，文學彷如一疋以文字砌綴的瑰麗織錦，繁花盛豔，滿眼的熱鬧。可是，當我吞讀愈多，其層層疊疊的粉妝就愈見斑駁褪卸。文學袒裎了本來的素顏，如珠如玉，潤澤剔透，與之照面，我猶如站在一面光潔誠實的鏡子前，明白看見了自己原來才是那個一臉蒼白，病奄奄的少年。我是這樣重新校正了看待文學的視線，有點僥倖，有點因禍得福，還摻點酸甜況味。就好像一眼投緣不稀罕，能在爾後漫長相處中發掘對方真正使人著迷的核心特質，才是最難得的幸運。

未受過正統課程的基礎培育與陶冶，愛上文學，猶如癩蛤蟆肖想天鵝肉，意識底總沮喪自己的不匹配。就像愛上了一個美麗的人，不禁開始對自己挑三揀四，這兒缺那裡差的，無一處及格。

卑微的我要拿什麼去愛？

除了閱讀，我想要也必須要寫作。唯有寫作能使我壯大，與文學交融一體。在電腦空白的 Word 檔上，我穿梭回憶，凝視當下，面對自我，藉著有時順暢、或磕絆的一字一句尋覓過去與文字的親密感。後來又發現光寫是不夠的，我得知道樸實寫下的種種能否跨過文學標準的檻（哪怕是最低的一道檻），值得為人所閱讀嗎？同時，我也需要那樣直接的訓練與學習。拋卻羞赧，懷揣醜媳婦見公婆般的忐忑，硬著頭皮不斷投遞各大報紙副刊，冀盼每篇文章都能在稀貴的版面占得一席之地，即便只短短一天光景，即便常常鎩羽而歸。終究，我也無可避免地踏上了徵逐文學獎桂冠榮耀的道途……

而今，我明白執於向外求取作品好壞的驗證、建構自信心的憑藉，是多麼貶抑文學意義的謬誤理解。擁抱文學需要的可能是真心嚮往，固執堅持，甚或一腔傻勁，但絕非一份被認可的「資格」。倒也不是說曩昔的歷程不必要、無價值，若沒有過那些免錢吃到飽的自我懷疑、跌跌撞撞的追求，我又怎會在遭遇失落時發現——文學在我心裡有一個落戶定居的地址，平常就出沒在我眉梢眼角顧盼之間，充滿在生活每道細微的縫隙中，我以為始終是自己單方面痴戀文學，但其實是文學從未曾有一刻離棄我。無論我曾如何錯認過他。

有時，只是囓啃著一顆蘋果，也聯想：我的創作會不會像手裡挑中的這顆飽滿的紅蘋果般，虛有其表，不甜，如嚼蠟？寫作就像從記憶的冰箱裡揀出食材，透過各種烹調手法，製造風味……食材即題材，怎麼料理可能只是小問題，最大困擾，總是在打開冰箱時，盯著琳瑯（偶爾見窘）的食材苦惱：欸，今天要煮些什麼呢？而我其實更喜歡這樣不大不小，卻不能不認真想一想的煩惱。

我的這一路，不算曲折多歧，不太戲劇性，說乏善可陳嘛，也真沒諷辱了什麼。我僅僅是跟隨著心之所愛，便奔遠了起來。喘了累了，就停下來；歇足了，便再奔深前去探索想像裡可能存在的風景。

文學從不是讓我抵達哪裡，而是確定自己在哪裡。對我來說，文學是日常之事，於是生活怎麼過，遠近遷徙，時光如何滴漏，文學都在，也都有文學發生的可能。我在哪裡，他就在那裡；他在哪裡，我也就在那裡。我們居住在彼此裡。

人一生中可能不會只有一個，但總有某個最初而久長的地址，在我心裡，文學就是那樣一個永遠的地址。我知道哪兒找他，共度也許寫一首詩，或讀幾頁字的時光。那在文學的心裡呢？我不求有一張門牌，或房號，因為文學是一座浩繁宇宙，而我早已是一顆住在裡面，晝夜不停旋轉，懸浮的星球。

【後記】
寂靜是一個樹洞

綠燈亮，剛剛搭的都營巴士喘噗噗地開走了。

倚坐路邊銀杏葉形狀，漆綠護欄的西裝男子，鎖著眉尖滑手機，不知道是遇到難題，還是收到壞消息？轉過一個彎。踏入初來乍到的巷途岑寂，好像喧譁的都在時光裡啞了聲，靜默於是成了餽贈。

我猜不著，頂多自以為是地描摹那裡的人們有著怎樣的生活，但我知道素白樓宅前讓風撩擺的粉色紫薇，一定都記得那些來回經過的春風笑靨、孤冷身影，或幾許投來的繾綣目光。迢迢乘車而來，要去的地方，在巷尾，短短幾百公尺，左右窗門嚴嚴掩閉，只有日影悄悄，連隻貓的鬼祟躡步也杳然……竟又捨不得走急了。趕不及季節，追不過晴雨，豈好還匆匆忙忙忽略就踩著的這一刻？

旅行途中，無論哪裡，類似情境，屢屢遭遇。而我有時淡忘，卻總會在某個罅隙間想起。那看似時機巧合，但我也不能否認下意識情不自禁的趨近。

就像在平常日子裡，我雖不藺居，卻本能地積極趨靜避囂。倒不盡然怕吵，只是對我來說，寧謐中必須對付的煩惱寥寥。我明白，一時片刻的恬靜，是舒一口氣的餘裕，拖得長了，反成了窒息。猶如有些人怕黑，是看不見暗中匿隱著什麼；而闃然裡，可能什麼都沒有的想像才惹起萬般的恐怖。

寂靜裡有什麼，又有何用？大概沒有一體適用的解答吧。無論主動或被動，在如此眾聲亟欲表態的噪音時代，寂靜多麼稀缺，難得浮現，卻恰恰才證明了、體會了我們都是真實的存在著。寂然無聲，不一定等於安靜，就像身處擾攘人群卻忽感分外的寂寞氣息。寂靜，無邊際，不具體，不期然，一抹煙一縷風，大多時候，不過況似一種心境。

很年輕的時候，親族活動、朋友聚會，我總是默默一隅的影子，既是插不上話，也沒感覺有誰真的需要我的隻字片語。觀看傾聽，久而久之，舌頭生鏽，便習慣了當個沒聲音的人。現在簡單的生活，雖不免零星訊息往復，偶爾一整天臨到了日暮時分，才恍然意識竟沒啟齒說過半句話，就像被寂靜攬在臂彎中深眠一場。而其實，我滿享受那個狀態。

安於自己的寂靜的狀態。

寂靜是我的樹洞。我常常把自己放進其間，摒隔嘈嚷，安頓情緒，讀書寫字，從不斷在吸納與吐露的字裡行間所誕生的沉靜中，觀照自己內心軌跡——藉此拉展一段不會遠到模糊、近到失焦，剛剛好的距離，慢悠悠細凝身邊迎面而來又擦肩而去的心事波濤，世事囂囂。

這本散文集得以付梓出版，端賴諸多慷慨的機緣與支持，真心感謝。張開眼，豎起耳，線上線下的世界恆常熱熱鬧鬧，甚而罵罵咧咧。我從寂靜中脫胎成形的文字，願是一方讓動盪心緒稍憩的平靜的所在，一口呼吸的空隙，在每個亂糟糟的時分，任何人來了，就是一個可以躲進去的樹洞，聽一聽那始終都在，卻輕易置若罔聞的，熨平心之皺褶的寂靜。

國家圖書館出版品預行編目資料

生於寂靜 / 陳冠良作 . -- 初版 . -- 臺北市 :
聯合文學出版社股份有限公司 , 2025.07
232 面 ；14.8×21 公分 . -- （聯合文叢；781）

ISBN 978-986-323-704-4（平裝）

863.55　　114009019

聯合文叢 781

生於寂靜

作　　者／陳冠良
發 行 人／張寶琴
總 編 輯／周昭翡
主　　編／蕭仁豪
資深編輯／林劭璜
編　　輯／劉倍佐
資深美編／戴榮芝
業務部總經理／李文吉
發行助理／詹益炫
財 務 部／趙玉瑩　韋秀英
人事行政組／李懷瑩
版權管理／蕭仁豪
法律顧問／理律法律事務所
陳長文律師、蔣大中律師
出 版 者／聯合文學出版社股份有限公司
地　　址／(110)臺北市基隆路一段 178 號 10 樓
電　　話／(02)27666759 轉 5107
傳　　真／(02)27567914
郵撥帳號／ 17623526 聯合文學出版社股份有限公司
登 記 證／行政院新聞局局版臺業字第 6109 號
網　　址／http://unitas.udngroup.com.tw
E-mail:unitas@udngroup.com.tw
印 刷 廠／沐春行銷創意有限公司
總 經 銷／聯合發行股份有限公司
地　　址／(231)新北市新店區寶橋路235巷6弄6號2樓
電　　話／(02)29178022

出版日期／ 2025 年 7 月　初版
定　　價／ 380 元

國藝會 NCAF　本書獲財團法人國家文化藝術基金會出版補助

ISBN 978-986-323-704-4（平裝）